「姫さまは……
わたくしの〝茶会〟に招待したら、
来てくださるかしら……？」

『……主人《あるじ》さま……お久しゅうございます』

「わたくしの名を
ユールシアと覚えなさい。
これから〝私〟が、
あなたたちに〝名〟を授けます」

「あなたたちの生に祝福を――っ！」
私がその〝絶望〟を愛してあげる。

悪魔公女 2

THE DEVIL PRINCESS 2

Harunohi Biyori
春の日びより
Illustration
Umiu Geso
海鵜げそ

THE DEVIL PRINCESS 2

CONTENTS

［第一部］ゆるいアクマの物語

デザイン・浜崎正隆（浜デ）

［第一部］

ゆるいアクマの物語

第二章✦月夜の茶会

プロローグ

「〝悪魔公女《わたし》〟が永劫《えいごう》に魂まで愛してあげる……ふふ……あははははははははっはははははははははははははははははっ！」

バンッ！

「ユルお嬢様、どうなさりました⁉」
「ひいさま、ひいさまぁ！」
「ユル様、怖い夢を見ましたか⁉　オネショですか⁉」
「誰か、オマルをっ‼」

勢いよく扉が開くと同時に、大勢のメイドさんたちが部屋の中に流れ込んでくる。

「え、あ、いや、えっ⁉」

もしかして聞かれていた⁉　あの台詞を⁉

メイドさんたちの中には、前からお世話をしてくれていたヴィオやフェルやミンまでもいて、メイドたちを取り仕切る侍女長の〝婆《ばあ》や〟までもが、私を抱っこしてあやしたり、シーツが濡《ぬ》れていないか確かめたり、抱いて寝るために大量のヌイグルミまで用意し始めた。

「大丈夫っ！　大丈夫だから！」

「「「本当ですか、ユル様⁉」」」

　本当だから！

　深夜にも拘《かかわ》らず、私をお世話するために大量に押しかけてきたメイドさんたちを宥《なだ》めてあやして、部屋の外に追い出してバタンと扉を閉めて息を吐く。

「…………」

　天元突破していたテンションが落ち着くと、耳が熱くなり、それだけでなく顔中まで火を噴くように熱を持つのを自覚する。

　王子様だったお父様が大公になったり、お祖父《じい》様やお祖母《ばあ》様が王様と王妃様だったり、つまみ食いした〝おやつ〟が美味《おい》しかったり。奇妙なテンションで街の夜景を窓から見つめながら、あ、ああ、愛してあげるとかっ！

　ああっ‼

　もぉイヤ！　寝る！

　私は巨大すぎる天蓋付きベッドに頭から潜り込むと、足をジタバタさせながらふて寝をするように眠りに就いた。

＊＊＊

………は？

「なんだこれ……」

気がつくと私は奇妙な世界にいました。

石と鉄と硝子《ガラス》で造られた、天に届くような建物。

精巧な細工が施された調度類に、原色で染められた木彫りの竜や獅子《しし》で飾られた、幾つもの店が並ぶ大通り。

無骨な岩を無造作に積み重ねただけの、もしかしたら芸術かもしれない家。

継ぎ目も何もない、濡れた硝子のような質感の白い城。

黄金で作られたボロボロの馬車。

クッキーと飴細工《あめざいく》で作られた精巧な戦車。

フワフワと浮かぶ、乗り方さえ分からない空飛ぶ絨毯《じゅうたん》……。

昔っぽい物もあるし、私の知識では理解さえできない物もある。それを無理矢理説明するのなら、年代も場所も物理法則さえも違う、デタラメな物だけが集まっている街並みが私の目の前に広がっていた。

それだけじゃない……。

「……百貨店《デパート》……？」

石とタイルと硝子で造られたビルらしき建物には様々な店舗が連なり、色とりどりの看板には、『英語』や『日本語』の文字が並んでいた。

「……また〝転生〟でもしたのかな？」

いや、違うか。手をあげれば、相変わらずぷっくりとした幼い自分のお手々が見える。視界の端でさらさらと揺れる髪は、うんざりするほど光り輝く黄金の……〝悪魔〟の体毛だ。

転生でないのなら召喚とか？

着ている物は寝るときに着せられた絹っぽい寝間着のままで、空を見上げれば真っ黒な夜空に刀のような三日月が浮かんでいました。

……ここって何処でしょう？

暗い空とは対照的に街には煌々《こうこう》と明かりが灯り、それなのに生き物の気配をまるで感じない。

こんなおバカでデタラメな世界があるとしたら――。

「はい。もちろんこれは『夢』ですよ。小さな淑女《レディ》さん」

唐突に聞こえてきたその声に、私は驚くよりも妙に納得した思いで振り返る。

「どちらさまですか？」

「驚きませんね？」

「一応は驚いていますけど」

その人……〝人〟？　たぶん二十代半ばくらいの黒髪の男性は、私の答えに目を細めるようにして微笑んだ。

純粋な黒じゃない。どこか深い〝夜〟を思わせる限りなく暗い藍色《あいいろ》の髪と、同じ色合いの燕尾服《えんびふく》を纏《まと》うその男性は、優しげな赤い瞳を私に向けたまま、過剰演出な仕草でパチンと指を鳴らす。

「とりあえず、飲み物などいかがかな？」

唐突に何もない夜空からスポットライトが照らされると、そこにはいつの間にか硝子で作られたティーテーブルと椅子があって、何故か、メイド服を着た真っ赤な骸骨と、執事服を着た真っ赤なパンダが、ギクシャクとした動きでお茶を淹《い》れていた。とても赤い。

「ではどうぞ」

男性が手を差し出し、それに手を乗せると、いつの間にか私の着ていた寝間着が童話のアリスちゃんっぽい服装に替わって、移動した覚えもないのに席についてお茶を飲んでいた。

なるほど……これは〝夢〟ですわ。

しかし……目の前の彼は見たこともないほどの超絶美形で、大人の色気や魅力をむんむんに垂れ流しているけれど……

「まったく、ときめかないわ」

思わず声に出る。世の中、正直が善いことだとは限らない。

でも、私の真正面でグラスの中の真っ赤な液体を香りを楽しむように揺らしていた彼は、私の言葉を聞いてとても楽しそうに笑う。

「それは仕方ないですね。僕と君は、ある意味で『兄妹《きょうだい》』のようなものですから」

彼はそう言いながらグラスの赤い液体をテーブルに零《こぼ》すと、その液体はぷるぷると蠢《うごめ》いて真っ赤なハムスターに変わり、テーブルのお菓子を勝手に食べ始める。

真っ赤な骸骨と真っ赤なパンダも、潰れるように液体になると無数の子犬や子猫になって、勝手にそこらで遊び始めた。

「親和性の高い〝モノ〟はこうして勝手に集まって、手伝ってくれたりするのですよ。言うことを聞いてくれるとは限らないのですけどね」

それは……〝血〟でしょうか？　まぁ、どうでもいいけど。

「……兄妹？」

「あくまで、〝ようなもの〟……ですよ。ユールシア」

「……あ」

そうだ。私は『ユールシア』でした。私の悪魔としての存在を顕《あらわ》す名前なのに、この奇妙な空間にいるせいで忘れかけて、存在が希薄になるところでした。

あぶない、あぶない。でもそうなったのは偶然か、それとも彼の思惑でしょうか？

それとも……そうなる前に名前を呼んで思い出させてくれた、とか？

「あなたは、誰？」

そう問う私に、彼は微笑みながら微かに首を傾げる。

「そうですねぇ……これでも時代や場所によって色々な名で呼ばれてきました。原初の〝名〟はとても長いので……」

　彼は焦らすように考えた振りをして、ゆっくりと口を開く。

「とりあえず……『メフィ』とでも呼んでください」

「メフィ……」

　なんか女の子みたいな名前だね。たぶん愛称の一つだと思うけど……その〝名〟の一部を明かされただけで、私の悪魔としての魂にどすんと負荷が掛かるのを感じた。

　あ、これ、ヤバい系だ。

「僕は今宵《こよい》、ユールシアとお話をしに来たのですよ」

「……私と？」

「ええ」

　メフィが頷《うなず》いた瞬間、彼の姿はスポットライトの下で真っ赤なマネキンと踊っていた。

「ユールシア、君は面白い。君のような存在は悠久の時の中でも見たことがない。まさか、こんな〝裏技〟があったなんて思いもしなかった。君のような存在になるには、本来なら下等生物が知性体になるほどの偶然と、時間が必要になるのだから」

　ポンッ、とまた目の前でグラスを揺らす彼に私も首を傾げる。

「そんなことを言われてもねぇ……」

「勘違いしないいで。責めているのでも求めているのでもないよ。僕も様々な世界を旅してきたけれど、こんな世界で君と出逢《であ》えた〝偶然〟に感謝しないといけないいな」

求めていない……そう言いながら彼の瞳には〝熱〟があった。

「この世界はなぁに？」

「ここは、私の知る世界と、君の知る世界と、誰かが知る一夜限りの夢の世界」

「だとしたら、夢で見た光の世界の文字は、私の知識？　それともあなたの知識？」

「それは分からない。それほど永い時間を旅しているから」

永い時……永い旅。

メフィはきっと、とてつもなく永い時間を、孤独に旅をしてきたのでしょう。

偶然出逢ってしまった私と話をしたいと思うほどに……。

その中で、私が夢見た〝光の世界〟にも立ち寄ったのでしょうか。

それにしても『裏技』ねぇ……。

それほどおかしなことをした記憶は……ないことはない。

首を捻る私にメフィはテーブルに肘をついて組んだ手に顎を乗せながら、目を細めるように私を見つめた。

「一つだけ忠告をさせて。いや、お節介かな？　その力……けっして過信しすぎないように。君はまだこんなに小さくて、こんなに可愛いのだから」

なんか怖いこと言ってる。怖がらせたいのか褒めたいのか、どっち？

人間の中にも変なのがいるのは知っているから、過信はしないよ？　やっぱり慎ましく生きようとした私は間違っていなかったのです。（自慢）

「僕は、君が〝君〟でいてくれることを望む」

「う、うん」

なんだか難しい話になってきました。

「さて……」

メフィはおもむろに席を立つと、いつの間にかそこにいた真っ赤なテディベアに外套《がいとう》を着せてもらい、私に近づいて髪に触れた。

「そろそろお別れの時間です。ユールシア……お話をしてくれて、ありがとう」

「――⁉」

メフィはそう言うと私の額にそっと唇で触れる。

一瞬私は硬直する。な、なにするの、この人！　たぶん〝人〟じゃないけど！

「また会えるか分かりませんが……では――」

ふわりと私から距離を取ったメフィの背から、彼の髪と同じ暗い藍色をした三対、六枚もある蝙蝠《こうもり》の翼が広がり、真っ赤な月の夜空に舞い上がる。

「いまたね。……数万年の時の中でようやく出逢えた〝同種〟の少女よ……」

＊＊＊

「…………」

絹のカーテン越しに注ぐ柔らかな朝日の中で目を覚ました私は、最近ようやく見慣れてきた、大公家の広すぎる自室と、いまだ慣れない天蓋付きベッドにいる、ちっこい自分の姿を確認して安堵《あんど》の息を吐く。

なんか、むちゃくちゃ重要な夢だった気がするんですけど⁉

いや、今はそんなことよりも、いまだにあの〝感触〟が残る額に手で触れて、溜息《ためいき》を吐くようにぼそっと呟《つぶや》いた。

「ろりこんか」

今日もいつも通りの平和な一日が始まります！

第一話　姫さまになりました

おはようございます！　輝かしい朝がやってまいりました！

あの第二次悪魔召喚事件から一年近く経《た》ち、私もあと三ヵ月で満五歳となります。

多少、黒歴史的な衝撃を受けて精神生命体の悪魔である私もダメージを受けましたが、私は今日も元気です。

どれもこれもあの『自称お兄ちゃん』のせいです。（とばっちり）

それはそれとして、私の生活はあの日より激変いたしました。もっとも、元々デロデロに甘やかされて過保護に育てられてきましたので、そういう意味ではあまり変わらないのですが、その甘やかしがデロデロに増えました。

デロデロに……そう、煮込んだワカメのように！

「〝ひいさま〟のために、国王陛下が王都で有名な焼き菓子を沢山贈ってくれましたよ」

「おかしー」

……人間の食べ物なんて滅びてしまえ……。

そう言って軽く五十人前はありそうな焼き菓子の箱を持ってきてくれたのは、侍女長――お父様がお城で王子様をやっていた時からお世話をしていた女性で、大公になったお父様のためにお城から侍女さんやメイドさんら十数名を引き抜いて来てくれた人なのです。

……それ、いいの？　お城は困ってない？

「王妃様もお菓子のついでに、またメイドを数名送ってくれましたよ」

お祖母《ばあ》様公認ですか……なら仕方ないね。

お菓子のついでに送られてくるメイドさんって……。

「それでは、奥様と一緒にいただきますか？　この〝婆《ばあ》や〟がお連れいたします」

私を『姫《ひい》さま』と呼ぶ彼女は、あの執事のおじいちゃん――侍従長である『爺《じい》や』の奥さんで、私は彼女からも『婆や』と呼ぶように強要されています。

何があなたたちをそこまで駆り立てるの？

「ではお手をどうぞ」

「はーい」

婆やは私の手を引いてゆっくりと歩いてくれる。

私ももうすぐ五歳ですし、もうお姉さんですからそろそろ抱っこは卒業ですのよ。

でも、手を引かれるとすぐ、金髪メイドのフェルが現れ、満面の笑みで反対側の手を握ってくれました。何故でしょう……そのとき私の脳裏に『コート姿の男性二人に手を引かれて歩く宇宙人』の白黒写真が浮かびました。

大人二人に手を引かれているとほぼ歩かなくてよい。というか、足が浮いています。なにこれ？　これは無い。でも嫌がると強制的に抱っこされて運ばれる。私に選択肢も拒否権もない。……えっと？　私ってお姫様ですよね？

ふと通りがかりに開いていた扉を覗《のぞ》き込むと。

「……あれ、なにをやってるのぉ？」

「あれは、ヴィオが新しくやってきたメイドの〝教育〟をしているんですよ～」

いや、フェルちゃん。そういう事じゃない。

なんでその教育とやらで、砂袋を抱えて歩く練習をしているの？　何を〝抱っこ〟するために鍛えているの？　あなたたちの愛が重い。

「ユル、いらっしゃい。ちょうど良かったわ。子爵家の奥様から、王都で流行りのお菓子を沢山いただいたのよ」

「…………」

お母様がいるテラスに着くと、どこかで見たようなお菓子の箱が山盛りに積まれていた。知らない人が作った食べ物なんて味がしないのですよ！

我が家……ヴェルセニア大公家の経済状況は大変よろしいようです。

聖王国と呼ばれるタリテルドは元々土地的に豊かで、宗教国家と言われるほどの信仰心を持つ国民たちはクソ真面目に毎日沢山働いて、喜んで税を納めてくれるのです。

……悪徳宗教国家ではありませんように。

まぁ要するに、私たちが住むお父様の大公家直轄地であるこのトゥール領からも、山盛りの税金が納められているのです。

でもそれは大公家の私的財産ではありません。そのお金は大公領を豊かにするお金で、もちろん一部は私たちにも還元されますが、大公家がウハウハ儲《もう》かっているのは、お父様が独自でやっている貿易があるからです。

大公領は聖王国の西側にありますが、そこからさらに西に進むと『シグレス王国』という国がありまして、そこが、〝超〟がつくほどの農業国家なのですよ。

農業国家と言われる（公式な場所で言うと怒られる）だけあって国土の三割が農地らしく、国民の大半も農家かそれに関わる人たちなので、シグレス王国の国教も聖王国と同じ『豊穣《ほうじょう》の女神コストル』サマを祀《まつ》っています。

しかも！　そこの王妃様はお父様のお姉様……つまり私の伯母様なのです！

そりゃ儲かりますよ。信用ありまくりですもん。

でも、私はよく知らない……聞いてもなんか誤魔化されるのだけど、噂話《うわさばなし》だと以前公爵家だったうちに仕えていて引退した家令さんが仕切っていた頃は、〝そこそこ〟程度の儲けしか無かったそうです。

そんで、大公家になってからお父様が王都から連れてきた元部下の人で、爺やの息子さんが新しい家令になったことで、色々とお父様の〝枷《かせ》〟が外れた……らしいのです。

不思議！

そういう訳で、我が大公家はかなりお金持ちなのです。

お父様もお母様も散財する趣味はないから、必然的にその恩恵は私に集中する。お父様についてきた新しい侍従さんや侍女さんらも私をひたすら甘やかすし、元の公爵家に昔からいた人たちがほとんど辞めちゃってても、婆ややヴィオたちが新しい人たちを猛烈に鍛えているのです。

なんか、隙を見て私を甘やかそうとする、みんなの視線が怖い。

恩恵として大量のドレスとか豪華な食事とかありますけど、当然、その程度ではお金は消費しきれません。ぶっちゃけ全部いらない。特に知らない人が作ったご飯なんていりません。

どうして、私の思惑から外れた物ばかりやってくるんですか⁉

その恩恵で一番大きなものは『護衛騎士団』かしら……。

女性というか、ヴィオたちより若い？　幼い？　そんな感じの、成人したばかりの女の子騎士たちが十人、私がお出かけするときに護衛としてついてきてくれるの。

女騎士……良い響きよね。見た目は某女性ばかりの劇団の男役みたいな感じだけど、うん、まぁいいんじゃないかしら。

この私専属護衛騎士団設立にはヴェルセニア大公家は関わってないのだけど、その辺りは後にして、今は目の前のことをなんとかしないといけません。

「ほぉれ、ユールシアア！　ここから城が見えるぞ～！」

「おしろー」

気を抜くと勝手に幼児言葉が出てきます。四歳だから仕方ないね。この舌っ足らずの口がっ！

まぁ、それはどうでもいいとして、今の私は国王陛下とご一緒に馬上の人となっております。要するにお祖父様と一緒にお馬さんに乗っている。

このお祖父様はねぇ……外見は厳ついけど威厳があって悪くないのですよ。でもね、どうもお祖父様の言動は〝荒い〟のです。

めちゃくちゃ可愛がってくれているのは分かるのですけど……う〜ん。

ついでに言うと、お父様のお兄様である伯父様も、お祖父様と同じで繊細さが足りない。良かった……お父様がお祖母様似で。

そんな酷い感想はともかく、今日はお祖父様たちと遠乗りに来ております。

そうなのです、私は王都まで来ているのですよ。なんと、あの護衛騎士の女の子たちは、私が王都まで一人で来られるように、お祖父様が用意した私設騎士団なのです！

滞在三日。行き帰りの道中が二週間。国王陛下は二ヵ月に一度は必ず登城して、顔を見せよ、との仰せです。めんどくせぇ。

結局、四歳児の私を護衛騎士団がいようと一人で行かせられるはずもなく、お父様かお母様と一緒に行かないといけないので、毎回予定の調整に苦労している……お父様が。

それほどまでに、お祖父様は私を可愛がってくれているというわけです。

私みたいな非人間的な子どもでも、そんなに可愛いのでしょうか？　いまだに王城でも間近で私を見ると心臓を押さえて蹲《うずくま》る人がいるのにっ。

そう思っていたけど、どうやらお祖父様の孫は、伯父様の子も他国へ嫁いだ伯母様の子も男の子ばかりで、お祖父様もお祖母様も、無責任にベロベロに甘やかして可愛がれる〝女の子〟の孫を待ち望んでいたそうです。

ペロペロではない。ベロベロである。

えーっと……私にいるという二人の〝お姉様〟は？

それはともかく。

「ユールシア！　今日はあの森で『雉《きじ》』という鳥を狙うぞ！」

「とりさんー」

私は適当に相槌《あいづち》を打って、どこにいるのか分からない鳥さんを探す。あの夢で見た〝光の世界〟でも狩猟なんて経験したことはないはずだから、楽しみではあります。

「……？」

おや？　森の凄く奥に『獣』の気配がしますね。

もちろん、王家が管理する安全な森でも、森だからこそ野生の動物はいるのだけど、悪魔用語で言う『獣』とは、同族でも愉悦のために貪り食らう〝悪鬼〟のような存在を指します。

……つまり、〝私〟のような存在です。

でもまぁ、今感じている気配はそこまで酷いものじゃない。精々『喰《く》らうために殺す』のではなく、『殺すために喰らう』程度のとても可愛らしいものでした。

ああ……本当に可愛らしい。

私は悪魔の力をある程度は取り戻しているけれど、慢心はしていません。……自称お兄ちゃんにも忠告されましたからね。それに、人間世界が持つ特記戦力がどの程度のものか分からないと迂闊《うかつ》に動くのも危険です。

まぁ、国家と敵対なんてしませんよ？　だって私、『人間大好き』ですから。

でもねぇ……この程度の気配の主が、私のものを食らおうだなんて……。

「………………」

私は意識して、その気配がいる方角へ〝視線〟を向ける。

ただそれだけで、遠くにいる気配が乱れて怯《おび》えるようにどこかへ消えていきました。

「どうした、ユールシア！」

「うえ⁉」

突然、私を抱っこするように抱えていたお祖父様の声が響いて、すっとんきょうな声をあげる。

「上？」

「り、リスさんー」

お祖父様が見上げたちょうどその枝の上に、私の視線のとばっちりで硬直した全身縞模様《しまもよう》のリス
……リスか？　がいたので誤魔化した。

「おう、リスだな。ユールシアはあれが欲しいか？」

「う、ううん！　捕まえるの、かわいそう……」

動物は怯えるので相性が悪いのです。

そのとき……不意に横からお祖父様とは違う手が私の頭を撫《な》でた。

「ユールシアは優しいんだねぇ」

そののんびりとした声に視線を向けると、ほんのり桃色をしたハニーブロンドの男の子が、ほんわかした笑顔で私を見ていました。

私はお祖父様たちとここに来ました。その片方がこのティモテ君、十一歳、私の従兄弟です。彼はリックのお兄ちゃんで、お父様に代わって聖王国の第二王子となった第一王子である伯父様の長子で、順当に行けば次の次の王様になります。

そのティモテ君の外見は、彼のストロベリーハニーブロンドと同じく、めちゃ甘です。王太子妃であるエレア様に似たお姿は正に絵本の王子様そのものですけど、ティモテ君は中身も甘々のふわふわで、あのリックとは比べものにならないほど良いお兄ちゃんなのです。

それでいて、落ち着きのない大人に代わって采配も振ることができるので、彼が王様なら安心ってなもんですよ。

これまでリックやエレア様の陰に隠れてあまりお話もできなかったので、今回は従兄妹同士の交流ということで来てくれました。

ここにいないお父様や伯父様やエレア様は、国王陛下が私と遊んでいるので、その穴埋めにお仕事していますの……。リックは学校。お休みは貰《もら》えなかったみたい。

リックのことはどうでもいい。力加減のできない男の子はちょっとねぇ……。

そんなわけで、めちゃ甘お兄ちゃんであるティモテ君とお話ししましょう。

「やさしくない……よ？」

捕食者だからね……。

「リスさんも、ユールシアの優しさが分かればいいのにねぇ」

そう言いながらティモテ君は私の髪をくすぐり、私がくすぐったくて目を瞑《つむ》ると、クスクスと楽しそうに笑っていた。

話し方も笑顔もエレア様にそっくり。王家の嫡子としては優しすぎるけど、歳が離れているので私にとっては良いお兄ちゃんです。……私にも怯えないし。

「ふふ」

それがちょっと嬉《うれ》しくて、くすぐったくてニッコリ笑うと、それを見たお祖父様がガシガシと頭を撫でてきた。ちょっと痛い。

「ユールシア！　あの雉を狙うぞぉおおおっ‼」

そのお祖父様のデカ声で鳥さんが数羽飛び立った。

大丈夫、まだいる。青い顔をした案内役の猟師さんがすぐに見つけてくれました。

私の身柄を同じく馬上のティモテ君に手渡し、やけにビッグな弓を軽々と引いたお祖父様はなんと一撃でピンクの鳥……あれが……雉？　を射貫いた。

『おおおおおおおおおおおおおおおおおおおおおおおっ！』

――と、私たちの背後から私やお祖父様やティモテ君の護衛騎士や侍従とか、総勢五十名あまりの人たちから感嘆の響《どよ》めきが聞こえてきた。

でも何故でしょう……。

私の耳に『社長、ナイスショット』的な副音声的な幻聴も聞こえた。

「どうだ！」

「おじいさま、すっごーい」

笑顔で振り返るお祖父様に私はキャッキャと喜んで手を叩《たた》く。そんなドヤ顔されたら褒める以外の選択肢は存在しません。

そのドヤ顔も言動もお祖父様とリックはよく似ている。お祖父様に似た伯父様もそんな感じかしら？

そしてたぶん……あの〝彼〟とも似ている気がする。

どうやら物質界に来ても、この手のタイプには縁があるようです……。

＊＊＊

「おちゃかい？」

お祖父様ばっかり構ってはいられません。正確に言うと、お祖母様が拗《す》ねるので今日はそちらに出向いて、王妃であるお祖母様と王太子妃であるエレア様、その妹分（意味深）であるお母様と、ついでにもう一人の従兄弟であるリックという顔ぶれで、お茶をいただいております。

「そう、お茶会よぉ。ユルももうすぐ五歳になるでしょ？」

いつものまったり声で微笑むエレア様は素敵ですわ。

場所はいつもの王家所有の庭園です。

この庭園は元々王家縁《ゆかり》の人たちがお茶を楽しみ、小さなパーティーなどをする場所で、ここにお呼ばれすること自体が大変名誉なことらしく、あのお花畑もお祖母様の（少女）趣味で残されたそうです。

そして、そんなお祖母様のお膝の上が、本日私の〝指定席〟となります。

「まあっ、それなら、わたくしのお茶会に参加してちょうだいっ。ねぇ、ユルちゃん」

お祖母様がそう言いながら私の頭頂部に頬をスリスリ擦《こす》り付《つ》ける。

お祖母様はとても可愛らしくて少女のような人です。そして今日の私は少女のヌイグルミです。

え、でも『お茶会』って……。

「母上。ユールシアなら、この前の茶会にも参加していました！」

渋い顔で渋いお茶を飲んでいたリックが、私が思っていたことを言ってくれました。よし、褒めてあげましょう。後でそのプニプニほっぺを突《つ》ついてあげる。

でもそれを聞いたエレア様はまだ幼い息子に残念そうな視線を向ける。

「リックはおバカねぇ。女の子の『初めてのお茶会』は特別なのよ？」

おお……エレア様、容赦ないです。

悪魔イヤーで捉えた情報を整理すると、貴族の女の子は五歳になると正式に『淑女《しゅくじょ》』として、お茶会に参加することができるそうです。

　もっと幼い頃から母親に連れられて参加することもあるけど、それは家族同士の付き合いとか、親しい間柄の場合で、淑女として認められた貴族令嬢は一人でお茶会に参加して、貴族同士の交友関係を築いて、貴族間の情報交換を行うらしいのです。

　まぁ、それが建て前。ぶっちゃけて言うとただの『女子会』です。

　一応、五歳から貴族の女の子は淑女扱いになるのだけど、五歳なんて実際幼児ですし、手も掛かる。そういうわけで、ほとんどの場合、『初めてのお茶会』は親戚の家で行われるものに参加するんだって。……初めてのお使いみたいな感じなのね。

「だから、ユルはねぇ、私とお義母様《かあ》のお茶会に参加するのがいいと思うわぁ。ねぇ、リアもそれでいいかしら？」

「はい。お姉様がそう仰っていただけるのなら、是非」

　エレア様の提案にお母様も嬉しそうです。

　お母様がエレア様を『お姉様』と呼んでいるのは、親戚の義姉《あね》になったからそう言っているのではなくて、魔術学園の先輩後輩時代からそう呼んでいるそうです。

　では、お母様の妹分であるヴィオもエレア様の妹になるのかしら？　あらあら。

　私は実のお姉様とも会ったことありませんけど！

　お茶会は女子会だから、男性が来ても肩身が狭くなる。今回も、そんな中に男一人でいるリックはそりゃ渋い顔になりますわ。だって幼児扱いですもの。

私が初めて王都に来て参加したお茶会は、子どもだらけの男女混合で、裏を読めば一番歳の近い親戚であるリックとの顔合わせだったのでしょうね。

でも本当に、どうしてリックがいるのでしょう？

学校……魔術学園の都合もあったのでしょうけど、交流なら昨日のお祖父様やティモテ君と一緒に狩猟のほうが良かったのでは？

もしかすると？　ひょっとして？　企んだのはエレア様かな？

「……なんだよ？」

「なんでもありませんわ、リュドリック様」

盗み見ていた私に気づいて、リックがふてくされたような声を出した。

女子会でも親戚だけだからノーカウントでいいと思うのだけど、面白くはないよねぇ。

少しなら同情してもいいけど、リックってば、私に対してだけ妙にぶっきらぼうというか、態度が非常に荒い。シェリーやベティーにはここまで態度悪くないのに。

私が悪魔でなくて普通の子どもなら、普通に子ども同士の和やかな会話もできたかもしれないけど、ふふ……初めて会ったときの態度は忘れていませんよ！　私は心が狭いのです！

でもそこに、私のそんな硝子《ガラス》細工のような心中を察してくれない、明るい声が掛かる。

「あらまぁ、ユルちゃんったら、どうしてリックを他人行儀に呼ぶのかしら？　ユルちゃんはリックを『お兄様』と呼んでもいいのよ？」

お祖母様……。

「で、でもぉ……」

いきなり高めのハードルを設定されました！

ヴィオとかに色々聞いたところ、貴族の男女で愛称呼びは幼児なら許されるけど、ある程度の年齢になったら家族か婚約者でないと呼ばないそうです。

だからこその『リュドリック様』呼びだったのに、ティモテ君ならともかくリックを『お兄様』とか、対価としても乗り越えるハードルが高すぎます！

「お、俺は、ユールシアならリックと呼び捨てでいいぞ⁉」

リックもなに言ってるの！

それを回避するためだって、リックも分かっていて言っているの⁉

お母様はオロオロしている。

エレア様はニヤニヤしている。

やっぱりそうかぁ！

でもそこに、光明が差し込んだ。

「王妃様。ユルもいきなり男の子を愛称呼びは恥ずかしいでしょうから、公式の場では『リュドリック様』で、このような場でしたら『リック兄様』はいかがでしょうか？」

ナイスです、お母様！　あ、いや、よく考えるとあんまり良くはないのですけど、『お兄様』や愛称呼びよりかマシなはず。

「まぁ、それは可愛いわね。そうしましょう。それとリアも、わたくしのことは『お義母様』と呼んでちょうだいね」

「はいっ、お義母様……」

何か他にいい案を考えている間に、なんかいい話的な感じで終わっていました。

「「…………」」

思わずリックと視線を交わし合う。リックも男の子的には呼び捨てが良かったのでしょうけど、兄様呼びは嫌なのでしょう……ってなんで顔を赤くする？

ダメだ。神は死にました。いや、私が滅ぼしてくれるわ。

……仕方ありません。これでも私は魔界で一番空気が読める悪魔でしたのよ。この程度の精神的な苦行に屈服したりしませんわ！　……くっ。

「……りぃ……リック兄様……？」

「お、おう」

だから顔を赤くするんじゃありません！　私まで恥ずかしくなるじゃない。

チラリと横を見る。

お祖母様とお母様はニコニコしている。

エレア様は、今回は仕方ないって顔でニヤリとしている。

前回のあのお茶会は、お祖父様たちが仕組んだ『親戚同士の顔合わせ』でした。でも、その中でエレア様だけ〝目的〟が違っていた。

エレア様は学生時代から可愛がっていたお母様の娘を、自分の息子とくっつけて『義理の娘』にしようと画策していたのです！

……何処まで本気なのでしょう？　本気だったらちょっとヤバくない？

そもそも私とリックは婚約ができるような〝立場〟ではないのですよ？

順当に行けば、いずれ第二王子のティモテ君が第一王子である王太子になり、伯父様の跡を継いで国王となります。そうなると現在第三王子であるリックは、領地を貰って家を興すか、他国の王族か公爵家辺りの婿になるのでしょう。

そこが大公家なら家格も問題なく最良の選択となるはずです。

相手が〝私〟でなければ。

別に従兄妹だから悪いのではありません。聖王国では親同士が双子でもないかぎり従兄妹同士でも婚姻はできます。

ですが私が相手となれば、生まれてくる子の〝血〟が濃くなりすぎるのです。

伯父様の『武』とカリスマ性。お父様の『智《ち》』と優秀性。どちらも王として問題のない二人の王族の血が入った、『王家の純血』が王家以外に生まれるのです。

そこまでならまだいいでしょう。王家のほうが求心力はありますからね。ですが、ここに巷《ちまた》で話題になりつつある『聖女』が入ると話が変わってきます。

聖王国は宗教国家です。そりゃあもう聖女様大好き国民です。子どもでも熱狂的な信者となってくれます。そうなったら、ね？　分かるでしょ？

問題です。大問題です。無理に決まっています！

無難な解決方法があるとするなら、ティモテ君とくっつくことだけど、彼が結婚適齢期になっても、私って十歳くらいだよね？　せめてもう二歳近かったらギリギリいけそうですけど、そこまで思い悩むほど嫁入りしたいわけじゃない。

エレア様、もしかして、私がそんな感じになっているの、忘れている⁉

「…………」

実を言うと、あっさり解決できる方法があります。

お父様の血を引いて聖女でもない女の子。そう、私のお姉様がティモテ君に嫁げば血の濃さは同じになって、聖女の名声を超えられるかも！

なんなら二人もいるんだから、どっちかリックにも嫁いじゃえ！

以前、なんとなくそんなことをエレア様に話したら、まったく笑ってない目でニコリと微笑《ほほえ》んだまま……『ユルの冗談は面白いね』って言われました！

あの目は〝本気《マジ》〟でした。

いったい、何をやらかしたんですか、まだ見ぬお姉様方‼

ダメですね……周りを地固めされる前に、適度にお金持ちでデロデロに甘やかしてくれる美形の小父様を見つけましょう。

……あ、そういえば、それと関係がありそうなことを、護衛騎士のお姉さんから言われたことがありました。

『ユールシア様は、ただ一人の姫様でいらっしゃいますから』……って。

どういうことでしょう?

第二話　五歳になりました

『ユールシアの五歳の誕生祭は、王城と王宮で行うこととする！』

……は？

いきなり何を言っているのですか、お祖父様《じい》⁉

突然そんな告知を、本人の了承もなく伝えられた気持ちを分かっていただけるでしょうか？

私が五歳となる一月前、お仕事で立ち寄った王城でお祖父様からそんなことを言われたお父様も、私と同じことを言ったそうです。

そりゃそうですよ！　私は国王陛下であるお祖父様の孫でもありますが、ちゃんと領地を持つ大公家の娘なのですよ？　大公家の令嬢として初めてのお披露目なのですよ？　トゥール領のお城でお誕生日会を開くために、周辺の貴族家に招待状も送って参加者も決まっているのですよ？

そもそもお祖父様にもお祖母様にも招待状を送って、参加のお返事も貰っているでしょうが！

「すまん、止められなかった……」

「ううん、お父様は悪くありませんわ！」

項垂《うなだ》れるお父様に抱きついて慰める。おのれ、お祖父様っ。

一応、お父様もお祖父様を諫《いさ》めたらしいのですけど、『ヤダヤダ』と駄々を捏《こ》ねられて、理由を訊《たず》ねてみると、聖王国の中央にある王都でないと、国中の貴族を集められないかららしい。

マジすか、お祖父様……

いったい何千人集めるつもりですか⁉

「いや、実際に東部や北部の貴族家から、参加したいけど距離が大変だと、言われてはいるのだけどね」

「ぅわ……」

なんてことでしょう……。

小市民的な感性を持つ私としては、トゥール領のお城でのパーティーでも尻込みします。こちらだけでも、私の〝噂《うわさ》〟を聞いた貴族家や大商人から、招待状を送る前から数百件の打診があったそうです。

私の噂というとあれですよ、アレ。『聖王国の姫』とか『聖王国の聖女』とかいう、小《こ》っ恥《ぱ》ずかしい噂でございますよ。

あの悪魔召喚事件で誘拐された子どもたちが、興奮極まったキラキラしたお目々で、『聖女さまぁああああああああああああああっ！』とか叫びまくったらしく、それを聞いたコストル教や他の宗派でもひそひそと噂されているらしいのです。

そういう〝称号〟ってさ……大きな宗教から認められて授けられるものではないの？

嫌ですよ、私は。背教者とか言われて暗殺者とかに狙われるのは……。

まぁ、背教者どころじゃなくて私は〝悪魔〟ですけど。

だからちょっと、トゥール領でのパーティーは覚悟するので、王城でのパーティーは勘弁してもらえませんかね……。たぶん、ほとんどの宗派の代表とか沢山来そうですよ！

「……最後にもう一度、父上を説得してみる」

「うん！」

お父様……あなたの娘は、父が権力に負けないことを心から祈っております。


はい、ダメでした！

ダメダメでしたね、お父様……とは言いません。お祖母《ばあ》様やエレア様さえ敵に回した状況で、すでに各地へ招待状を送った後だと無理ですよね。

「でも、いいのでしょうか……」

「いかがなさいました、ユルお嬢様」

私が漏らした呟《つぶや》きに敏感に反応した、敏腕メイドのヴィオが話を聞いてくれました。

あれから数週間が経過してお誕生日会まであと四日。ギリギリの登城はよろしくないので、余裕を持って到着した私たちは、それまで王宮にお泊まりすることになりました。

王宮は一つの建物ではなく、王城の奥側に各王族一人ずつ宮殿が建てられているのですが、なんで私の宮殿があるのでしょうねぇ……。

「わたくし、王都のお屋敷には行ったことがないのですが」

「あそこはあまり場所が良くありませんので、ユルお嬢様が気にされることはありませんよ」

私の言葉を、被せ気味にヴィオが止める。……えーっと？

王都にあるお父様のお屋敷には行ったことがあるのです。ですが、王都の本邸とも言うべきお屋敷には行ったことがありません。

たぶん、そこには『お姉様』たちがいると思うのですけど、今回こそお目に掛かれるかと楽しみにしていたのです。……でも、場所が良くないって、風紀でも悪いの？

まさか、わざと遠ざけているとか？

「大公家とはいえ、わざわざ王城でお披露目とか……は、色々諦めましたが……」

「ご納得いただけたようで、よろしゅうございました」

よろしくないっすよ。

「でも、わたくしだけ特別扱いでいいのかしら？　公爵家などにも王家の血に連なる方がいらっしゃるでしょ？」

たとえば、お姉様とか、お姉様とか。

聖王国では王家と血が連なる五つの公爵家が、五芒星《ごぼうせい》となるように配置されています。最近一つ減って大公家が増えましたけど、そこにも女の子はいると思うの。

「現在、四つの公爵家の方々は、王家との血の繋《つな》がりが薄くなっております。最も濃い血となるはずだったコーエル公爵家が事実上解体された今、最も近い血筋は先々代に第三王女殿下が降嫁《こうか》なされましたカペル家で、公爵家から王妃となった方も先々代の王妃殿下で、すでにご逝去されておられます」

……う～ん？

「結局は、陛下の孫娘だから……ですか？」

「その通りでございます。それに旦那様は王位継承順位こそ下がりましたが、王太子殿下が王位を継承されましたら、有事の際には陛下に代わって采配を振ることのできる『王弟』となられますし、ユルお嬢様も大公家の第一公女として、王位継承権第六位を得られておりますので、公爵家の令嬢とはそもそも立場が違います」

やっぱり、王位継承権かぁ……。

そんなことを思いながら納得しかけていると、ヴィオはさらに聞き流すことができない言葉を続けた。

「ユルお嬢様は、陛下が認められた『聖王国の姫』であり、我が国の外交上、『王女殿下』は必要な存在になるのです」

「へ？　……あ、いや、なんですかそれ？」

思わず素が出かけた私をヴィオは生暖かい笑顔で見つめて、分かりやすく説明してくれた。

最近は大公家の令嬢として言葉遣いも直しておりますのよ？

私はお父様の娘として恥ずかしくない完璧な淑女《しゅくじょ》となるのです。ふふん。

それで、ヴィオの説明を要約するとこんな感じになります。

外交上、近隣各国の王族が婚姻する場合や、祝典に使節団を送る場合、人口数万人の公国とか、さほど重要でない国なら大使館の貴族を送れば良いのですけど、たとえば伯母様が嫁いだシグレス王国などには、王家に連なる者が出向かないといけません。

でも、同格の相手とは、下手をすると領土争いとかあるかもしれないし、必ずしも良好な関係を築けているか分かりません。そこに国王陛下自身や王位継承順位の高い男子を送るのは、色々とよろしくないそうです。

そこで代々聖王国では、男子の代わりに『年若い王女』が使節を率いて出向くのが通例となっているそうです。

なるほど……むさいおっちゃんよりも、若い女の子のほうが嬉しい……と。

「それでは、わたくしが他国の行事に出席するのですか？」

とんでもない話ですよ、お祖父様。

それってもしかして、私の身に危険があるかもしれないってこと？　そんな思いが顔に出ていたのかヴィオは優しい顔で首を振る。

「いいえ、ユルお嬢様。あくまで建て前でございます。今までも普通に旦那様が王族のお一人として出席なされております。そもそも旦那様がユルお嬢様を危険な役目に就けるわけがありません」

「なるほど」

お父様、外交官でしたのね。イメージにぴったりですわ！

「でも、建て前とは？」

「陛下がユルお嬢様を王都に呼ばれる際、可愛い孫娘に過剰な警備をつけるための、方便でございます」

「……つまりは？」

「ただの贔屓《ひいき》です」

「……おじいさま」

爺《じじ》バカでございますよ、お祖父様！

私を公然と甘やかして贔屓するための姫認定とか、誰か反対しなかったのかしら？

あ、でも……

「それなら、わたくしの〝お姉様方〟はどうなのですか？」

いつも適当な感じで誤魔化されるので、この機会に聞いてみる。

お姉様方だってお祖父様の孫娘なのでしょう？　と言いたげに首を傾げてヴィオを見つめると、
彼女の頬が痙攣《けいれん》するようにピクッと震えて、微かに溜息を漏らす。

「あの方々は……アタリーヌ様とオレリーヌ様は、その……問題がありまくりまして……」

頑張ってヴィオ。目を逸らさないで。

ああ、もぉ、何をやらかしたのですか、まだ見ぬお姉様方！

エレア様の反応もそういう背景があったのですね。

「…………」

そこまで言われると、逆にお姉様方に興味が湧いてきましたわ……悪魔的に。

お祖父様やエレア様の思惑はある程度理解できました。

同じ孫でここまで差をつけられる理由は分からないでもありませんが、それでも護衛騎士のお姉さんが言っていた『ただ一人の姫』という意味はどういうことでしょう？

と、言うわけで！　そのお姉さんに突撃インタビューです！

「あの……騎士のお姉さま？」

「……ひ、姫さま!!」

宮殿にあるお庭で鍛錬っぽいことをしていた女性騎士さんに話しかけると、栗毛《くりげ》の騎士さんは木剣を投げ捨て、ビシッと姿勢を正した。

……その横で、投げられた木剣を顔で受けた黒髪の女性騎士さんが、鼻血を流しながら蹲《うずくま》っていますけど。

「姫さま、私のことは是非ともサラとお呼びください！」

「はい、サラですね」

まぁ、どうせ呼び捨てにしないと面倒くさくなるから、最初からそう呼びます。

「フェル、下ろして」

ここまで抱っこして運んでくれたフェルにお願いすると、彼女はあからさまに不満を顔に出す。

「嫌です」

嫌なのかよ。もぉ、フェルはうちのメイドたちの中で一番私を抱っこしたがるのです。とりあえず、最近たくましくなってきたその二の腕から私を下ろしなさい。

ザッ！

私が久しぶりに地面を踏むと同時に、フェルやサラだけでなく、他のメイドさんや周囲の女性騎士さんたちも一斉に膝をついた。

えぇ〜〜〜……なにそれ。めっちゃ居心地悪いんですけど。

フェル……あなたたちもお城ではそんな事はしなかったじゃない。なんでみんな揃《そろ》ってドヤ顔しているのよ？　いつの間に練習したの？　メイドさんと騎士さんで練習していたの？

「えーっと……サラ？」

「はい、姫さま！」

お目々がとってもキラキラしておりますわ！　やっぱりフェルやミンより若い気がする。サラちゃんは茶色の髪と茶色の瞳のそばかすが残る可愛い女の子でした。

「サラはどうして、わたくしの護衛騎士になったのかしら？」

とりあえずは世間話から。

「はい、姫さま。二年ほど前になりますが、その年学園の騎士科を卒業する女生徒全員に、『君に剣を捧《ささ》げる姫はいるか！　愛を捧げる主人はいるか？　麗《うるわ》しき女性騎士募集！』との通知が届き、応募いたしました！」

募集をしていたのね……。でもまぁ、よくもそんな怪しい募集に応募したよね。その隣でまだ蹲って鼻血を流している騎士さんも頷《うなず》いているので真実みたいです。

まだ私が何も知らない頃から画策していたとは……。

「それで、どうしてサラはわたくしを『姫』と呼ぶのですか？」

「え……だって、姫さまは『姫』じゃないですか？」

「以前、『ただ一人の姫』と言っていましたが、どういう意味でしょう？」

どうして私をそんなふうに言ったのでしょう？

私の問いにサラちゃんは何故か、右手を胸に当てながら左手を天に掲げて、舞台女優のようにつらつらと語り始める。

「ああ、姫さま！　麗しき聖王国の華よ！　その髪は黄金の糸、その肌は極上の絹、その金の瞳は私の心を射貫き、その愛らしいお姿を一目見た瞬間、恥ずかしながら少し漏らしてしまい、姫さまの護衛騎士となれた幸せをどう表現したら良いのか、その幸せを誰かに伝えたくて、地方のおっさん領主の護衛に就く可哀想な兄たちに、一週間ほど朝から晩まで自慢しまくって、最後には兄たちと殴り合いの……」

「てい」

ペチンッとサラちゃんの額を指で叩《たた》くと、思ったよりも痛かったのか額を押さえて蹲る。

「サラちゃん、落ち着きなさい」

「は、はい……」

でも何故か、私に叩かれて叱られたサラちゃんは、また何故か、恥ずかしそうに瞳を潤ませながら頬を薔薇色《ばらいろ》に染めていました。

え……？　マジで？　そんな趣味あるの？　それに漏らしたって……それって魂が〝私〟に怯えて漏らしたのではないのよね？

吊《つ》り橋《ばし》効果は一目惚《ぼ》れとは違うのよ？　しかも『吊り橋』のほうに惚れてどうするのよ！

それはともかく。

「そうではなくて、ただ一人と言いますけど、わたくしにはお姉様がお二人いるのですよ？」

「……え？」

「……え？」

知らなかったの⁉

「い、いえ！　もちろんお噂は存じておりますが……その……その噂がその……」

「具体的には？」

「…………」

頑張ってサラちゃん、私の目を見て！　私が周りを見るとフェルやメイドさんたちもそっと視線を逸らしやがりました。

「だ、だって！　『聖王国の姫』はこの聖王国の〝顔〟なんですよ！　ユールシア姫さまなら他国の騎士たちに、思いっきり自慢できるじゃないですか！」

話題も逸らしやがった！

それに私なんかで自慢になるの？　……怯えはするかもしれないけど。

「それで、国の顔とは？」

「そうです！　天使のような可愛らしいお姿で、聖王国の姫で、しかも聖女様ですよ！　この世に姫さま以上の『姫』なんて存在しません！」

「聖女ですか……」

ここにきて来ましたか……『聖女』が。

騎士たちにまで噂が広がっているのながら、色々と各方面で波紋がありそうです。本当に面倒くさいのです。

結局、聖女だから凄いお姫様って感じで、お姉様のことは何も分かりませんでした。

もう、自分の目で確かめるしかないですね……。

半分諦めの境地で、まだ蹲っていた鼻血騎士さんを神聖魔法で癒やしてあげたら、サラちゃんと二人揃って、あらためて私に剣を捧げてくれました。

……悪魔なんですけど、いいのかしら？

＊＊＊

聖王国タリテルドの王都ヴェルセニアにて、王城と王宮、すべての会場を使い、国王陛下が溺愛するという孫娘、ユールシア・フォン・ヴェルセニア公女殿下の誕生祭が行われた。

通称、『お披露目』と呼ばれるこの式典の出席者数は、公式で三千二百五十名。

王家に連なる大公家とはいえ、正規の王家ではない者の誕生祭が王城で行われることも異例なら、その異常な出席者の数も、そのほとんどが自発的に参加を申し入れたことも異例であり、その全員が噂《うわさ》の『姫』にお目に掛かろうと、姿を見せるのを待ち構えていた。

噂だけしか知らないそんな状況で、心からユールシアを祝う気持ちがあった者は少なかったかもしれない。本日参加した者たちは、まだ五歳の少女らしからぬ馬鹿げた〝噂〟の真偽を確かめようと来た者がほとんどであった。

曰《いわ》く――

天より愛された、神聖魔法の申し子。

一目見た者を虜とする、美しき黄金の姫。

傷つき倒れた子どもたちを癒やした、清らかなる聖女……。

ユールシアを見極めようと、聖王国の国教となる豊穣の女神コストル教の教皇猊下《げいか》だけでなく、タリテルドに神殿を構えるほぼすべての宗派が代表を送り込んでいる。

噂の一つである『聖女』の称号。

もし……万が一でも、ユールシアに聖女という称号に見合う実力があるのなら、確実に自宗派に取り込まなくてはならない。

国王のお気に入り。富も権力もある大公家の姫……。そんな顔を売るだけでも得のある最上の評価が、霞《かす》んで見えるほど『聖王国の聖女』とは特別な存在だった。

聖王国と呼ばれるタリテルドの聖女は、一人のみ――。

どれほど各宗派が巫女《みこ》を集め、聖女を認定して称号を与えようとも。その価値には道端の花と大輪の薔薇ほどの違いがあった。

その権威は各国の国王でさえ礼を失してはならず、諸国では国賓として扱われる。

だが……

本当に五歳の子どもにそんな実力があるのか？　もし、国王がコストル教と結託し、孫娘可愛さに百年以上認定されていない『聖王国の聖女』の称号を与えようとしているのなら、他の宗派は結束してそれを糾弾しなければならない。

子どもが聖女になるなどあり得ない。真偽を確かめ、ただ見た目が良いだけの子どもであったなら、国王の手前糾弾はせずとも、精々広告塔として使ってやろう。

だが、そんな者たちの思惑は完全に外れる。


『――――――――――――――！！！』


楽団から流れていた曲が変わり、大きな階段の上にある大扉が開かれ、二人の王子にエスコートされた『姫』の姿を見た瞬間、人々は心臓を槍《やり》で貫かれたような衝撃を受け、その表情は驚愕《きょうがく》のまま凍りついた。

それは、神が創り賜《たも》うたという人間が持つ、本能的な恐怖だったのかもしれない。

美の女神が、己が現《うつ》し身《み》を人形で模したような冷たい美貌。

陽の光よりも輝く、天上の黄金で紡がれた金の髪。

極上の絹のようになめらかで、磁器のように艶やかな白い肌……。

神が創った『人間』が彼女だというのなら、自分たちは本当に『人』なのか……？

そんな、自分の存在そのものを呪うような根源の恐怖。

おお、神よ……。

我々は人の出来損ないでした……。

そんな自死を選びかねない果てしない絶望は、少女がふわりと浮かべた〝笑み〟で霧散する。

人々の視線を受けてはにかむように微笑《ほほえ》むその姿は、彼女が自分たちと同じ人間であったことを感じさせ、誰もが自分が〝人〟であったことを神に感謝して、安堵《あんど》のあまり涙を流す者もいた。

人々は理解する。

彼女こそ――ユールシア・フォン・ヴェルセニアこそ、タリテルドの『唯一の姫』であり、神の国、聖王国のただ一人の『聖女』であると。


……彼女に叛意《はんい》を持つ一部の者たちを除いて。

＊＊＊

やっちまった！　入場開幕から悪魔の〝威圧〟をしちゃいましたっ！

やっべぇ……心臓発作とか起こした人はいないよね⁉　たぶん、死因は心不全とかだから私との因果関係は立証できないと思いますが、もしいたら全力で蘇生《そせい》しますから、死んだ人は名乗り出てください！

あ、大丈夫？　慌てて威圧を止めたから平気そう？　さすがに自制心がなさすぎてちょっと恥ずかしくなって引《ひ》き攣《つ》った愛想笑いを浮かべたので、なんとか誤魔化せたみたいです。

だ、だって仕方ないじゃありませんかっ。

入場する前から人間の悪意とかゲスな香りがプンプン漂ってきたから、悪魔としての本能が刺激されて、抑えるのに精一杯だったんですよ！

でも頑張った！　私、頑張りました！　（初めて）食欲に勝ったのです！

「……ユールシア？」

「はい？」

斜め上から声を掛けられて素の顔で見上げると、間近から顔を覗き込んでいたリックと目が合って、彼は息が詰まったような顔で仰《の》け反《ぞ》った。

……え。なにそれ。いきなり見たらビックリする顔なんかい。

「いや、……すまん。そんな顔をするなよ……」

どんな顔だよ。

「怖かったのか？　手が震えていたぞ？」

あ、そうか……私は人が多いことで不安だったのか。

悪魔でも中身が〝私〟だもんね……そんで、エスコートしてくれていたリックの手をずっと握っていたみたいです。

「沢山の人がいたら緊張するよねぇ。ユールシアは少し怖い顔をしていたよ？」

リックと逆側の手を握っていたティモテ君が、ふわふわとした甘い笑顔で私の頭を撫《な》でてくれました。二人ともごめんね？　リックはともかくティモテ君は本当にお兄ちゃんみたいで、なんか安心できます。

「二人とも……ありがと」

「どういたしましてぇ」

「……ふんっ」

気が抜けた顔でにへらと笑うと、ティモテ君はニコリと笑って、リックがふてくされたようにそっぽを向いた。

もぉ、なんなの、リックはっ。心配してくれたり、去年よりちょっと大人になったのかな、って見直したのに全然変わってないじゃない。

よく分からずティモテ君を見ると彼は、〝お兄ちゃんの顔〟で苦笑する。

「それでは……」

「ユールシア！　お前は主賓なんだから、ずっと壇上にいてはダメなんだぞ！」

「え？　ちょっ――」

それではティモテ君にあらためてエスコートしてもらおうかと思ったら、突然リックが離しかけた私の手を引っ張って、階段を降り始めた。

「リュドリック様⁉」

ちょ、ちょっと⁉　歩くのが速いのですけど⁉

止まって、せめてゆっくり！　わたくし足腰軟弱ですよ⁉　ヨワヨワなのですよ⁉　このままじゃコケますよ⁉　スッ転びますわよ⁉

あああ、もぉ！

「リック兄様！」

焦って呼び止めると『兄』と呼ばれたリックがハッとした顔で振り返り、なんか感情を処理しきれないような凄い顔をしていました。

「わたくし転びそうです……。ゆっくり」

「す、すまんっ」

私の切実な訴え……本気で転びそうで思わず涙目になった顔で見上げると、ようやくリックも私の〝ダメさ〟に気づいてくれたのか、おっかなびっくりあらためて私の手を取り、そこに追いついてきたティモテ君に反対側の手をエスコートされて、私たちは会場へと降り立った。

それにしても急にリックが大人しい。

やっぱり、私が兄様と呼ぶのは違和感ありまくりなのでしょうか？

そんなふうに考えていると、やはりリックも同じことを考えていたのか、私のほうを見ずにぼそりと呟いた。

「……やっぱり呼び捨てのほうがいいな……」

ですよね〜。

どんっ！

「ユル様ぁああっ!!」

「げふっ」

参加者どころか警備の騎士たちの合間を突っ切って、突入してきた小さな影が私の脇腹にタックルをかましてきました。

「し、シェリー!?」

「はい！　お久しぶりでございます、ユル様！　あなたのシェルリンドにございます！」

「あ、うん。二日ぶり」

おととい会ったよね？　というか、王都に来てから毎日会っていたよね？

昨日はさすがに前日なので会わなかったけれど、私が王都に来るときはほぼ毎回シェリーは会いに来てくれる。

まさか、健忘症……？　シェリー、あなたまだ若いのに……。

まぁ、幸いというべきでしょうか、私が登場してからの奇妙な空気は、どこか斜めにぶっ飛んでいきました。でも、ギューギューに抱きついてくる、このひっつき虫はどうしましょう？　と思っていたら……

ごんっ！

「ひゃう！」

その横から飛び込んできたまたも小さな人物が、シェリーの頭に頭突きをかましたのです。

「シェリー！　あなた、何をしておりますの？　ユルが困っているから離れなさい！」

「……ベティーさん、頭突きなんて酷いです」

頭を押さえたシェリーがお説教をするベティーを見上げる。

ベティーは私やシェリーの友人で私よりちょっぴりお姉さんです。こうしてみると見るに見かねて来てくれたように見えますが、私は知っています……。

普通にシェリーを止めようとした彼女が、途中で足を滑らせて頭突きになってしまったことを。

シェリーほどではありませんが、私が王都に来たときはベティーとも遊んでいます。頻度が低いのは、良くも悪くもシェリーに比べて常識人なんですよね……残念娘ですが。

そんな私たちのところへ——

「君、大丈夫？　おでこが赤くなっているよぉ？」

「ひゃい⁉」

放っておかれていたティモテ君がベティーの顔を覗き込むと、奇妙な声をあげたベティーの顔が頭突きで赤くなった額よりも真っ赤になりました。

おやおや？　ほうほう。そういうことかね、ベティーちゃん？　ティモテ君はいかにも王子様って感じですからねぇ。

ベティーはお口をパクパクさせながらティモテ君を見つめて、その隣にいるリックの存在にさえ気づいていないようでした。

　このまま、のほほんとした空気の中でパーティーも終えられたら良かったのですが……そうは問屋が卸《おろ》しませんでした。

「お父様……あとどのくらいでしょう？」

　私にはこのパーティーの主賓としてのお仕事があるのです。

　今、挨拶を終えた人で何組目だったでしょう……。五十？　百組？　途中から（面倒で）数えていません。

　参加者数千人のうちこの会場にいる人は比較的重要な人たちらしいのですが、それでも千人以上いる人たちすべてと挨拶は無理なので、お父様とお祖父様のご友人関係だけに絞ってもらっているのに、終わる気配がありません。

　もう二時間経っていますよ。だいたい一組当たりの時間が長すぎです。いちいち、間近で私を見た瞬間に硬直するのは失礼じゃありませんか？

　お父様、助けてぇ。

「そうだねぇ……そろそろ休憩が必要だろう。あとは私と父上……陛下とで挨拶を受けておくから、ユールシアは休みなさい。リアステア、頼めるかな？」

「はい、フォルト様」

　申し訳なさそうなお父様の頼みに、お母様は優しげな笑みを浮かべて……挨拶のしすぎで表情が固まっていませんか？　そんな状態のお母様に手を引かれて、私たちは『檻《おり》』へと向かう。

パーティー会場に檻なんてありますの？　あるわけない。

会場の至るところには、ただ豪華なソファーとテーブルだけが置かれ、騎士たちで周りを固めて、よほど根性のある人間しか入ってこられない仲良しだけの閉鎖空間があります。

ただし周りから見ると中は丸見えなので、私は『動物園の檻』と呼んでいるのです。

ほら見てください。向こうにある〝檻〟でも、外から丸見えなのに、ごついおっさん連中と酒を呑《の》んで騒いでいるお祖父様と伯父様の姿が……お父様と一緒に挨拶を受けているはずでは？

「……ユル。わたくしはフォルト様のお手伝いに戻ります。良い子にできますか？」

「……はい、お母様。お願いします」

ゆるすまじ。


お母様に連れてこられた〝檻〟にはすでにシェリーとベティーがいて、私の護衛騎士たちで固めた男子禁制の場所となっております。

ああ、お母様が……癒やしのふわふわ成分が行ってしまう。でも、お父様が大変なので仕方ないのです。シェリーやベティーに癒やしてもらいましょう。

出迎えてくれたサラちゃんや鼻血騎士……確かブリジットだったっけ？　に案内されて檻の中に入ると癒やしの友人二人が手を振って迎えてくれました。

「ユル様ぁああ、こっちです！」

「もぉ、遅いですわ！　……ティモテ様もいないのに」

ベティーは真っ赤になって何も話せないくせに……。

いつものようにシェリーが飛びついてきたので、足りないふわふわ成分を彼女に補給してもらいながら、ここに座れとバンバンとソファーを叩《たた》くベティーに導かれて、彼女たちの間に挟まるように腰掛ける。

「挨拶の列が凄かったですわね！　さすが大公家のお嬢様といったところかしら？」

まるで悪役のご令嬢のような口調でホホホと笑うベティーの額はまだ赤い。そんな友人の一発芸にも気づかぬようにシェリーが私の腕を抱え込む。

「わたくしのお父様とお兄様もご挨拶に伺ったようですよ」

「ごめんなさい、人が多くて……」

それっぽい人がいたような気もしますが、覚えていませんねぇ……。普通《ふみ》の人《そうな》って、まったく印象に残らないのです。

「お父様たちはどうでもいいのですが」

いいのかい。

「ユル様は『初めてのお茶会』はどうなさるのですか？」

「そういえば、今まで話題にしてなかったわね！」

しょっちゅう王都に来ているのだから話題にもなりそうですけど、大人たちで誰が私を招待するかで牽制《けんせい》し合っていたので、話題になりづらかったみたいです。

「「…………」」

シェリーとベティーが一瞬視線を合わせてどちらともなく頷く。……まぁ、考えていることは分かりますけど。

「お祖母様……王妃様のお茶会に招待されていますわ」

私がそう言うと、二人がわずかに肩を落とす。お祖母様やエレア様じゃなかったらお友達の家が良かったのですけどねぇ。

とりあえず休憩に来たので、人心地つくためお茶を淹《い》れてもらいました。まぁ、どんな高級茶でも白湯《さゆ》と変わらないのですけど。

「ユル様は王妃様のお茶会ですのね。お誘いしたかったのですが……やはり『黄金の姫』ともなると、うちでは気後れしそうなので仕方ありません」

「……黄金？」

なんですか、その小っ恥《こぱ》ずかしい呼び名は？

なんだか話を聞きますと、私が金の髪で金の瞳なので陰でそう呼ばれているそうです。

「あ、でも、それも『白銀の姫』がいらっしゃったから、そのように呼ばれるようになったのかもしれません」

「そっちも凄い名前ですが……どなたでしょうか？」

「え⁉」

私が思わず首を傾げると、ベティーが『え、マジで？』みたいな顔をする。その様子に視線を巡らすと、ヴィオやサラちゃんたちも驚いた顔をしていました。

え？　常識なの？

「わたくしが教えてさしあげますわ！」

噂話は得意分野なのか、ベティーが（薄い）胸を張ってドヤ顔で語ってくれました。

なんでも銀髪に紫がかった銀目のとても綺麗《きれい》な女の子で、夜会には滅多に参加せず、お顔を見ることができるのは、彼女が開催するという『月夜の茶会』のみらしいのです。

「お姉様のお知り合いが参加したらしいのですけど、美男美女の使用人たちがお世話をしてくれて、見たこともないような美味しいお茶とお菓子が出てくる、夢のように素晴らしいお茶会なんですって！」

「わたくしはユル様のほうが綺麗だから興味ありませんけど」

「シェリー!?」

……シェリーは相変わらずですね。うっとりと話していたところを一蹴されたベティーが、薄ら笑いを浮かべるシェリーの肩を摑《つか》んで激しく揺さぶっております。

「そちらのご令嬢は、今日はいらっしゃっているのかしら？」

続きが聞けそうにないので使用人たちを振り返ると、音もなく歩み出たヴィオがそっと教えてくれました。

「オーベル伯爵様はお歳を召しておられまして、夫人共々ここ数年、領地より離れてはおりません。一粒種のご令嬢ミレーヌ様は、御年十歳で、今年の初めより社交界に出られて、夜の妖精のような美しさで話題となっておりました」

「ほぉ……」

その方が『白銀の姫』なのですね……。

「ミレーヌ様はお身体が弱く、深窓の令嬢としても知られておりまして、今回は出席のご連絡をいただいていたはずですが、もしかしたら、名代の方が参加なされているかもしれません。なにぶん、人数が多いもので……」

「いいのよ、ヴィオ。ありがとう」

千人以上軽く入るこの会場で収まらないので、複数の会場と中庭まで使っていますからね……。

とりあえず全部一回は顔を出さないといけないから気が重い。

そんなことより、数千人の参加貴族家すべてを暗記しているヴィオに驚愕しますわ。

そんで、身体の弱いミレーヌ様は、ご両親と同様にあまり領地から離れることなく、身体の調子が良いときだけ『月夜の茶会』を開くための招待状を送ってくるそうです。

その招待状を受け取るのに身分は関係ないらしく、下級貴族のお嬢様にとっては招待されるだけでも名誉なことみたいです。

その辺りはメイドさんや護衛騎士のほうが詳しいみたいで、皆さん、仕事をほっぽり出して噂話に興じていました。

まぁ、こんな綺麗どころの女の子しかいない場所に、知らない男性が入ってくるのはハードルが高そうなので、多少は気を抜いてもらってもいいのですけど……他のご令嬢もまったく近づきもしませんね。

周りからやたらと視線は感じるのですが、注目されすぎて気後《きおく》れしているのでしょうか？　それか、私が〝怖い〟からか……。

前に拾い食いしてエライ目に遭いましたから、つまみ食いはしませんよ？

もう少し、普通のお友達が欲しかったのですが仕方ありませんね。その替わりといってはなんですが、やっとあの方々が来てくれましたよ。

ある意味、今日一番のメインイベントです。

……うふふ。

＊＊＊

――パシャッ。

「あ～ら、ごめんあそばせ」

突然現れたその少女が、今宵の主賓であるユールシアに真っ赤な果実酒をぶちまけた。

ユールシア嬢に近寄りたい者は多くとも、上級貴族の子女と多数の護衛や侍女に護られた、その場所に近づくことは貴族の子女でも難しく、誰もが『姫』の威光と〝美〟に尻込みをしていたその場所に、二人の少女が踏み込んだ。

誰もがその暴挙に啞然《あぜん》として硬直する。ユールシアの純白の衣装は美しい金の髪と共にまだらな

赤に染められ、色の薄い果実水ではなく、わざわざ真っ赤な果実酒を使ったことに明確な悪意を感じさせた。

「あははっ、見て見て、お姉様！　まるでこの子、血まみれみたいですわっ」

「あら、オレリーヌ。そんなことを言ってはいけないわ。でもまさか、わたくしも偶然飛んでしまったグラスの中身を、避けられないほど愚図《ぐず》だと思わなかったわ」

少女たちは嘲《あざけ》るような態度で、周囲に聞こえるように高らかに暴言を放ち、その言葉に正気を取り戻した侍女や護衛騎士たちが動き出した瞬間――

「あなたたち！　このわたくしが、コーエル家の嫡女、アタリーヌと知っての狼藉《ろうぜき》かっ！」

お姉様と呼ばれた少女――アタリーヌの一喝が騎士たちさえ止めた。

波打つ豪奢《ごうしゃ》な赤い髪は大輪の薔薇のようであり、吊り上がった鋭い眼差しを相まって、真紅の獅子を思わせる。

家名のみを残されたコーエル家の名を誇るように言い放ち、凛《りん》と立つその姿は、社交界の大華と称された彼女たちの母を彷彿《ほうふつ》とさせた。

少女とも思えぬその威厳と風格に、思わず騎士たちが動きを止めると、それを妹のオレリーヌが嘲笑う。

「そうよねぇ。〝お姉様〟には逆らえないわよねぇ……。あははははっ」

そう……この二人の少女は、姓こそ違うが大公家の姫であるユールシアの〝姉〟なのだ。

旧コーエル公爵家の血を色濃く残す二人の令嬢。

長女、アタリーヌ。次女、オレリーヌ。

まだ十歳と九歳とは思えぬ大人びた風貌と妖艶な美しさ、傲慢なまでの威厳は、ユールシアへの攻撃で怒っていた彼女の友人たちや侍女たちを萎縮させた。

悠然と威圧をするように辺りを見回したアタリーヌは小馬鹿にするように息を吐く。

「ふん。大公家は下女どもの躾《しつけ》もなっていないのね。そこにいる果実酒まみれの新しい下女頭のせいかしら?」

「「……なっ⁉」」

自ら汚した妹に対して、あまりの酷い発言にヴィオのような古株の侍女たちがいきり立つ。

王家や大公家の大人たちがいない隙を狙う狡猾《こうかつ》さ。大公家が雇った者たちを下女と呼ぶ、その意地の悪さ。

だが、そんな彼女たちも、愛するユールシアの姉であり、敬愛する大公フォルトの娘なのだ。

使用人の中には、彼女たちに酷い目に遭わされ、心に傷を負って萎縮する者もまだ多い。

ユールシアの友人たちでは怒りはあっても〝格〟が足りず、彼女たちに物申せる者がいるとしたら上級貴族だけであるが、彼らがこんな場所まで訪れないことも計算されていた。

『…………』

そんな様子を周囲の貴族たちは痛ましげに、見て見ぬ振りをする。このコーエル姉妹の王都や魔術学園での〝噂〟は、彼らもよく知っていた。

曰く、彼女たちが望む物を揃えられず潰された商店がある。

曰く、虐《いじ》めのすえ自殺未遂までした生徒がいる。

曰く、金遣いが荒く、裏社会の人間と通じて金銭を融通されている。

曰く――

細かな噂を含めれば幾らでも出てくるだろう。高位貴族の令嬢には少なからず我《わ》が儘《まま》で我を通すことを当たり前とする貴族子女もいるが、火のないところに煙は立たず、明らかに十歳前後の少女の振る舞いとしては度を超えていた。

そのせいだろうか、幼少期より噂に上がっていた王族との婚約話が、本決まりとなる前に白紙に戻されたことも、姉妹の噂の信憑性《しんぴょうせい》を裏付けしているようだった。

その限りない〝悪意〟は、血の繋がった末の妹にまで向けられた。

血色に染まる薔薇の棘《とげ》で傷つく、小さな白い百合の花……。

そんな対照的な姉妹の確執に、見ぬ振りもできずに一部の者が大公へ知らせに行こうとするが、それはヴェルセニア大公家と対抗する貴族家によって止められた。

この悪意を止めることはできないのか……。誰もがそう考え、自分の無力さに顔を伏せたその瞬間――一瞬〝涼風〟のようなものを感じて顔を上げた者たちは、正に魂が震えた。

悪に晒《さら》され、果実酒を浴びせられて汚された少女が、柔らかな光をたたえる金色の目を細めて、魂に焼き付くような可憐《かれん》な笑みを浮かべていた。

＊＊＊

……おっと、いけませんねぇ。一瞬ですが、〝私〟の気配が漏れてしまったようです。少し大気が揺れてしまったかしら？

「……な、なによっ！」

オレリーヌお姉様が、何故か怯えたように私へ向けて果実酒のグラスを投げつけてくる……でも、これだとシェリーやベティーまで果実酒まみれになりますね。

私は飛んでくる赤い水滴が揺れるさまをゆっくりと見つめながら、グラスを指先で受け止め、力ある言葉を紡ぐ。

「――『光在れ《ひかりあ》』――」

淡く……優しく広がる光が周囲すべてを照らす。

その光が消えると、真っ赤な果実酒はただの透明な水に変わり、私の白いドレスを汚していた赤い染みも綺麗さっぱり消えていました。

高位神聖魔法――【浄化《ピュアフィケイション》】です。

これは、毒や瘴気《しょうき》だけでなく呪いまで消し去ってくれるものですが、軽く使うと身体や衣服の生活汚れまで消し去ってくれるのです。……気をつけないと染色した衣服まで色落ちしますが。

神聖魔法の余波でゆらりと気化していく湯気の向こうで、ベティーとシェリーが驚いた顔を私へ向ける中……私は上品にハンカチで手を拭いながら、再び堪えきれない歓喜を抑えるように柔らかく微笑んだ。

「はじめまして、お姉様方。お会いできて嬉しいです」

ああ……嬉しすぎて顔が引き攣るわ。変な笑顔になっていないかしら。

でも、こんなに優しい笑顔を浮かべている（つもり）なのに、どうしてお姉様方は下がろうとしていらっしゃるのでしょう？

「くっ……あんたっ」

それでもアタリーヌお姉様だけは歯を食いしばって立ち止まる。あれれぇ……おっかしいなぁ。

今回はまったく威圧とかしてないのですけど……。

まぁ、可愛い友人たちが怯えさせられたり、ヴィオたちが馬鹿にされたりしたので、それほど心は痛まないのですけど……自分のあまりの自制心の無さにちょっとへこむ。

ダメですねぇ……

私は『人間らしく』振る舞わなければいけませんのに。

そんな切ない思いを込めて、じっとお姉様方を見つめると、何故でしょう、アタリーヌお姉様の襟足の産毛がネコのように逆立った。

「……あんたなんか！　絶対にお父様の娘だなんて、認めないんだからっ‼」

「お、お姉様⁉」

そんな言葉を残してアタリーヌお姉様が踵《きびす》を返し、早足で立ち去っていく彼女をオレリーヌお姉様が慌てて追いかけていきました。

あらら。帰っちゃった。

残念。もう少しお姉様方と、姉妹の〝交流〟がしたかったのに。

「ユルお嬢様っ！」

「ユル！」

「ユル様ぁあ！」

「姫さまっ！」

彼女たちがいなくなると同時に友人二人が左右から私の腕にしがみつき、ヴィオたちや護衛騎士たちが一斉に駆け寄り、私の前で跪《ひざまず》く。

「申し訳ありません！」

「私たち本当に……」

暗い顔をするみんなに、私は静かに首を振る。

「いいのですよ。あれは仕方ありません。それよりも皆さんには、わたくしのせいで不快にさせてしまって、申し訳ないわ」

いや、本当にごめんね！

しがみついてくるシェリーのヒヨコのような髪を撫でながら……いや、ベティーも撫でるから私の頬に頭をぐりぐり押し当てないで！　……撫でながらそう言うと、みんなが慌てる。

「そんなことありません！　本来なら私どもがっ」

「そうです！　罰せられるのを覚悟で立ち向かうべきだったのです！」

「私たち騎士が盾にならないといけないのに……」

「そう言ってもらえると嬉しいわ」

私がニコリと笑うと全員がホッとした顔で息を吐いて、フェルやミンがはしゃぎ始めました。

「ユル様、と～っても素敵でした！」

「あれって、神聖魔法ですかぁ？」

「わ、私、また兄に自慢しないと！」

サラちゃんは、また喧嘩《けんか》になるからやめなさい。

そんなはしゃいだ空気の中、あまり話したことのない大人しそうなメイドさんが、小さくぼそりと呟いた。

「……正直、スカッとしました」

たぶん、公爵家だった頃からいる、お姉様方に苛められていたメイドさんかしら？　大公家の使用人として言ってはいけないことですけど、その言葉が聞こえた数名のメイドさんたちが小さく頷いていた。

「も、申し訳ありません。姫さまが被害者でいらっしゃるのに……」

「いいのですよ」

視線が集まって萎縮するそのメイドさんに私は目を細める。

「わたくしに、ほとんど実害はありませんし、それに――」

それに……

私はお姉様方の〝噂〟を聞いてから、ずっと夢見ていたのです。

お二人との出会いは、きっと素晴らしいものになるって。

予想通り……いいえ、予想以上に可愛らしいお姉様方でしたわ。

特にアタリーヌお姉様は、あまりにも素敵でした。我慢できなくなると思ったわ。本当に……

「可愛らしい……でしょ？」

私が小さく首を傾げると、周囲のみんなからだけではなく、こちらを窺《うかが》っていた人たちからも驚いた気配が伝わってきました。


だって、本当に可愛らしくて……

美味《おい》しそう。

＊＊＊

ヴェルセニア大公家第一公女、ユールシア姫のお披露目はつつがなく終わり、出席した数多《あまた》の貴族たちの反応は、大きく三つに分けられた。

まず彼女の姉君――口さがない者たちから、大公の実の娘ではないとの噂もあった、あの姉たちとの確執と、その様子を聞き、その対応を知って……。

あの曰く付きの姉たちに対して、悲しげで儚《はかな》げな微笑みを見せながらも姉たちの暴挙を許し、その姉たちの行動も、『素直になれない可愛らしい人たち』と評して、噂に違わぬユールシアの慈愛の心と、その懐の大きさを知らしめた。

一番多い大多数の反応は、ユールシア姫を聖王国の顔である『聖王国の姫』として認め、彼女こそ真の『聖王国の聖女』であると褒め称え、友人や家族たちに語った。

一部の者たちは、ユールシア姫が持つ『力』――名声や賞賛、聖女としての実力など、そのすべてを含めた彼女が有する〝魅力〟を恐れ、それを有するヴェルセニア大公家を警戒した。

だが、もっとも慌てたのが、三つ目となる大きな利権を持つ貴族たちだった。

現国王はまだ壮健とはいえ、長くても十年以内に、王太子である第一王子に王位を譲ると見られている。

この継承は第二王子であったフォルトが早くに退いたため、なんの問題もなかったが、その次となる第一王子の子、ティモテとリュドリックの継承問題が発生する。

規定通り、長子であり何事にも優秀なティモテを次の王へと推す派閥。

王妃や王太子妃に似た長子より、王や王太子によく似た気質のリュドリックを推す派閥。

古き良き聖王国を求める派閥と、新しい聖王国を望む派閥。

共に理由があり、議論は平行線にしかならなかったが、今ここにその決定打が現れた。

王族としての気品を備え、見目麗しく、聖女として慈愛に溢《あふ》れた、黄金の姫。

今はまだ幼いが、成長すればその美しさは三界に轟《とどろ》き、必ず彼女を巡って争いが起きるだろう。

今から少しずつでも、敵対派閥に悟られないよう、彼女を引き込むための準備を始めなくてはならない。

ユールシア姫を手に入れた者が次の王となるのだから。

そんな思惑を胸に城から離れていく者たちを、夜空に近い尖塔《せんとう》の上から見下ろすひとりの少女がいた。

青いサテン生地のドレスを纏い、真っ直ぐに伸びた銀の髪を風に靡《なび》かせ、たった独り目を瞑《つぶ》り、人々の噂に耳を傾けていた少女は、ゆっくりと紫がかった銀色の目を開く。

「黄金の……姫?」

夜の月のような白い肌に映える赤い唇が鈴音のような声を流して、クスクスと堪えきれないように小さな笑みを零しながら、そっと夜の月に手を伸ばす。

「姫さまは……わたくしの〝茶会〟に招待したら、来てくださるかしら……?」

第三話　ご主人になりました

できればもう二度目は勘弁してもらいたいお誕生日会から、早いもので数ヵ月が過ぎました。

ほんっとーにもぉ！　勘弁してくださいませ、お祖父様《じい》っ！（懇願）

でもまぁ、なかなか会う機会が得られなかった、素晴らしいお姉様方に会えたのは幸福な出来事でしたけど。

……少し獣臭い気配もありましたが、それは仕方ありませんね。悪魔《わたし》は独りなので手駒がいないのですよ。また異界召喚でもしてみようかな……。（失敗1）

無事に終わったからとりあえずヨシ。でも、やっぱり？　あの場のお姉様方の暴挙が王家まで伝わったりして？　特になんか分からないけど、お姉様の御母堂様とお知り合いだったらしいエレア様がたいそうご立腹なさったようで、お姉様方は私が魔術学園に入学する前に、伯母様のいる隣国シグレスに留学することになったそうです。

はぁ～～～～……。別に落ち込んではいませんよ？　正直、収穫はまだ早い。あと数年は寝かせて熟成させたほうがいいのです。

ただ、同じ学園に通えましたら、ほら、ちょっとだけ、ほんのちょっと味見とかできるかもしれないじゃないですか。

でも、できれば私が在学中に戻ってきていただきたいわ。ああいう感じの、いかにも貴族なお嬢様は大変貴重なのですよ。

お父様からは謝られましたが、全然気にしておりませんわ！　むしろバッチこいでございますのよ！

お父様はお姉様方の話をする際、とてもお辛そうな表情をなされておりました。きっと複雑な愛情を感じているのでしょう。

私もお姉様方を心から大事にして、爺《じい》やがこっそり隠している秘蔵のお酒のように、一生を懸けてちびちびするのも良いかもしれませんね。

お姉様方、どうかお元気で……と言いたいところですが、ところがですねぇ、あのお二人は厄介な『置き土産』をしていったのですよ。


「ユールシア。私の話を聞いてくれるかな？」

「はぁい、おとうさまぁ」

トゥール領に戻られたお父様に呼ばれて、とてとて走って行くと、パッと私を抱き上げたお父様は、腰掛けたソファーの上で私をお膝に乗せながらお話をしてくれました。

……あれ？　なんか、お顔が疲れておりませんか？

「ユールシアは、ヴェルセニア大公家が姉上の嫁いだシグレス王国に、何を輸出しているのか分かるかな？」

「うんと……お酒と……鉄っ！」

「よく勉強しているね。うちからは鉄製品と蒸留酒を輸出して、シグレスからは農作物と果物を輸入しているのだよ」

正解したご褒美に頭なでなでしてもらいました。

うちの大公領でも農作物や果物は作っているのですが、農業大国と飛ばれるシグレスでは大量の傷物も出るらしく、日持ちするように半分加工した物を送ってもらって、そこから果実酒やエールとかを作って、さらに加工した蒸留酒を送っているのです。

鉄は向こうにもあるのでしょうが、こちらから送っているのは武器にもなる大量の鉄鉱ではなくて、精密加工用のドリルとかノミとかみたいです。

大公家の印がついたお酒や製品は、ブランド品なのですよ。

「そこでね。ユールシアには、私の代わりに、そういった品を生産する領地の視察をお手伝いしてほしいのだけど、どうかな？」

「おてつだい～？」

ついに大公家の公女として、初めてのお使いです！

……え？　領地の視察？　私が一人で？　マジですか？　わたくし、ここと王都のお城間移動しかしていない穀潰《ごくつぶ》しの純血種ですのよ？

「詳しい話を聞いてくれるかな？」

「……うん」

話を聞いたところ、すべての製品がトゥール領内で作られているのではない。特に鉄製品は鉱山から鉄鉱石をどこかへ運ぶのではなく、その地ですべて精錬から加工まで行い、効率化を図っているそうです。

「その地で全部行うと燃料の確保が難しいのだが、近くの森のエルフたちが沢山の木を伐《き》って、木炭を売ってくれたから実現できたのだ」

「へぇ……」

塩大福がねぇ……。ああいう種族って、森を大事にするのとちゃうんかい。

話を戻すと、その視察もお父様の大事なお仕事なのですけど、大公としてのお仕事はそれだけではありませんし、王都で王族としてのお仕事もあるのです。何かあったら外国にも行かなければいけないので、なかなか地方を巡る時間がないそうです。

……それって、私と会う頻度が多すぎるからでは？

まぁそれは、正当な理由なので本当に仕方のないことなのですが、それでどうして私が視察をするという話になると、要するに現地から要望があったとか。

えっと？

何を歌えばいいのですか？　違う？　アイドル巡業じゃない？　それでは、なんの用で……あ！もしかして『聖女』としてっ⁉

「鉄鉱を扱う場所だと、鉱山や製鉄所で酷い怪我をする人がいるのだよ。今までは、同じ仕事に戻れない人には別の仕事を用意していたのだが……。ユールシアさえ良ければ、彼らを癒やしてあげられるかな？　もちろん、ユールシアが顔を出すだけでも元気が出ると思うよ」

「なるほど」

アイドル慰問のほうですか。

でも、そんな場所にも治療院とか、神聖魔法が使える司祭さんや神官さんとかいるでしょ？　と思っていたのですけど、普通の神官さんは、骨折治療にも数回魔法を使う必要があって、私みたいに死んでいなけりゃ平気とか、怪我人なんてまとめて治すよ！　なんて魔法をバカスカ使えないらしいのです。

なので、巷《ちまた》で噂の『聖女さま』である私に、身も心も癒やしてほしい……と。

でもねぇ……

「わたくしって……本当に聖女なのですか？」

私ってまだ、どこの宗派からも聖女認定を受けていないので、そう言われると恥ずかしいのですけど。

「その辺りはちゃんと考えているから大丈夫だよ。聖王国にとって『聖女様』の名は特別だから、下手なところが勝手に認定したり、勝手に名乗ったりもできないから、安心しなさい」

「……うん」

逆に怖いわ！　本当に宗教から敵対視されたりしないのよね？

「それでは少し、聖女さまのことを話してあげよう」

「はぁい」

この国で簡単に『聖女』が認定されない一番単純な理由が、この国が誰からも認められる宗教国家である『聖王国』だから。

その辺りがよく分からないけど、要するに無名の果実酒とブランドものの果実酒が等価値ではないように、聖王国というブランドがついた聖女は、どこからも特別に見られる。

元は聖王国の建国時に王妃となった王女が聖女さまだったらしく、国民にとって今も聖女は王族にも匹敵する崇拝の対象みたい。

そのせいで数百年前には各宗派が認定した『聖女さま』で溢《あふ》れかえり、各宗派が対立を始めたことで呆《あき》れた当時の王が、魔族《エビルレース》の王……『魔王《エビルロード》』の討伐を命じて一人も帰ってこなかったという、おバカな話もあるそうです。

魔族って確か、悪いことをする人間種じゃない蛮族の総称だっけ？　悪魔への風評被害なので止めてもらえませんかね。

……話が逸れた。

要するに、その聖女さまが全員、逃げたか死んだりしたアホな伝説があるせいで、各宗派は下手な人間を聖女にして失敗したら、聖王国内での宗教認定を取り消される恐れがあり、かなり慎重になっているそうです。

「それと同じ理由で、もう一つ、認定することが難しい〝称号〟があるのだけど、ユールシアには分かるかな？」

「うんとね……魔王？」

「……うん、そうだね。それも認定が難しいね」

違ったみたいです。

人類の敵を認定するのも聖王国の役目ではあるけど、その〝敵〟を討ち倒す存在があり、これも一時期に大量発生して、聖女たちと一緒に放り出されて帰ってこなかったらしい。

「きっと、その存在は聖女さまの隣に立ってくれるから、ユールシアもゆっくりと考えてごらん」

「うん」

よく分かりませんけど！

「そういうわけで……ユールシアには専属の〝従者〟を四人つけるから」

「……はい？」

従者？　お母様のヴィオみたいな感じでしょうか？

現状、私がどこかに出かけるときにヴィオたちの三人の誰かがついてきてくれるのは、お母様の娘だから、という意味が大きく、私はお母様から彼女たちを貸してもらっている状態なのです。

私にとってはサラちゃんたち護衛騎士団がそれに当たるけど、彼女たちは護衛であってお世話をしてくれる人じゃない。

だから、私専属の従者がつくのは別に問題はないのですけど……お父様？　どうして顔を逸らしているのですか⁉

何故かお父様は胃が痛そうな顔をして、詳しい従者の説明もしてくれずに、お仕事に戻っていきました。……怪しい。その従者、何かあるんじゃないでしょうね？　あるんだろうなぁ。（確信）

仕方ありません。小難しい話は後回しにして、前向きに行きましょう。

本日は、前々から気になっていました、この世界のモンスター事情を本好きメイドのミンに教えてもらうことになっております。

地方にアイドル巡業……じゃなくて、領地の視察に行くのなら旅になるので、そういう知識も必要になるときがあるでしょう。

魔族はいるらしいのですか、モンスターとはちょっと違うので、楽しみです！

「ユル様～。今日は『旅に役立つモンスター辞典』を持ってきましたぁ」

「は～い」

さすがミンです。いかにもそれっぽい本をチョイスしてくれました。

「まずは『ツノウサギ』です～」

「わぁ」

「動きが早くて、見つけるとすぐに逃げてしまうのですが、お肉は美味しいです～」

「わぁ……」

ただのウサギじゃないですか。

「こ、こっちのページは？」

「こちらは『オオカミ』ですね～。旅人を見ると近寄ってくるので、餌を与えると一晩見張りをしてくれます～」

　君の野性はどこへいった。

「……こっちは？」

「これは『イノシシ』です～。少し強いですが、お肉はとても美味しいです～」

「………」

　旅に役立つ……って、そっちの『役立つ』ですか！

　確かに旅の途中で現れたら便利ですけど。

「ああ、ユル様～、もしかして危険なモンスターが知りたかったのですね～？」

「あ、うん」

　驚いた顔をしないで。私だってそのチョイスは予想外よ。

　するとミンはパタパタとどこかへ行って、すぐに『旅に危険なモンスター辞典』なる本を持ってきてくれました。

　良かった……私が思う普通の本もあって。

「こちらは『トラ』です～。警戒心が強くて人前に現れることは稀《まれ》ですが、馬が狙われるので注意ですよ～」

「まあっ」

　森にはそんな危険な動物が出るのね！　怖いわ。

「こちらは『サイ』ですね～。旅人を見ると角で襲ってきます～」

「ほほぉ？」

「こちらは『カバ』ですね～。旅人を見ると突進してきます～」

「……へぇ」

「こちらは『ゾウ』ですね～。旅人を見ると集団で襲ってきます～」

「………………」

どういうことです……？

モンスター？　これがモンスター？　妙に生々しいのですけど～⁉

いえ、ちょっと待ってください。問題はそこじゃありません。

これが襲ってくるのですか？　森の街道で？　旅人を襲ってくるのですか？　サイやカバが⁉

それ、めっちゃ怖いんですけど⁉

下手したら、低級の悪魔よりよっぽど怖いんですけど！

私がミンに聞いたのはコレだけど、私が知りたいのはコレじゃありません。

「ああ、ユル様～、もしかして危険な『魔物』が知りたかったのですね～？」

「……うん」

私も驚いたわ。そっかぁ……カバもゾウも動物ですけど、危険生物はすべてモンスター扱いなのね。これがこの世界の標準なのでしたら、もし魔王がカバに乗って出てきたら、指さして笑ってあげるわ……。

そんなことをしていると、また数ヵ月が経ちました。

そりゃあもう、すくすくと成長しておりますよ。悪魔なのにどうして成長しているのか分かりませんけど。

そしてついに、お父様が私の従者候補を連れて参りました。……なんか言葉を濁しておられましたけど、大丈夫なのですよね？　お父様、信用していますよ？

「長く付き合うことになる側近なのだから、歳が近いほうがいいのではないかな……」

「………」

私のお世話もしてくれるのですよね？

この『子どもたち』が……。

「そ、それでは、自己紹介してくれるかな？」

私のじとっとした視線から逃れるように、お父様は目の前に並んだ、私に怯えない……というよりも、私にあまり興味もなさそうな四人の子どもたちに自己紹介を促した。

まずは一人目――四人の中で唯一の男の子……なんかあまり良くない感じの笑みを浮かべる男の子が、揉《も》み手をするような感じで自己紹介を始めた。

「僕は、ルトル元男爵家の嫡男、ノワールです。ユールシア様の侍従見習いとなります」

ノワール君、八歳。焦げ茶色の髪……ブルネットかな？　彼は丁寧に挨拶してくれたけど、その青みがかった灰色の瞳が、ちょっと胡散臭《うさんくさ》い。

挨拶途中も、私ではなくチラチラとお父様のほうを見ているし……。

二人目――。

「私は、ノワール兄様の双子の妹で、ニネット……です。えっと……護衛騎士見習い？」

ニネットちゃん、八歳。色合いはお兄ちゃんと一緒。ノワールは胡散臭い感じだけど、この子はなんだか本人が色々とよく分かっていない感じがします。

私とお父様の前なのに、平気で欠伸《あくび》とかしていますし……。従者兼、うちの護衛騎士の見習いってことかな？

三人目――。

「セルダ元子爵家長女、クリスティナです。侍女見習いとなります」

クリスティナちゃん、五歳。生まれ年は私と同じですが、随分としっかりとした話し方をしますのね。初めて見ましたわ……金髪縦巻きロール。

ただ彼女の碧《あお》い瞳のせいか、妙に冷淡といいますか剣呑《けんのん》な感じがするのよねぇ……食指を刺激されるほどじゃないのだけど。

最後、四人目――。

「わたしはねぇ、ロアン元男爵家の三女？　ファンティーヌだよ！　クリスちゃんみたいに侍女もするけど、メイドもするよ！」

ファンティーヌちゃん、五歳。私と同じ歳。元気な子……と言えればいいけど、どっちかというと空気が読めない感じがします。

綺麗な顔立ちの子だけど、銀髪碧眼《へきがん》のせいか言動のせいか妙に作り物っぽい……心のない人形が動いている感じです。

年齢的にはファンティーヌとクリスティナが私と同じ歳で、ノワールとニネットの双子は三つ上ですね。

「「……………」」

私はお父様にそっと視線を向ける。お父様はそっと視線を逸らす。

彼らが私専属の従者となるのですか？

しかも貴族の子女みたいですけど、全員『元』ってついているのは何故？

「それでは君たち！　ユールシアを頼むよ！　ユールシアも仲良くね！」

「あ！　お父様⁉」

それだけ言うとお父様は、爺やから上着を受け取り、そのまま止める間もなくお仕事へとお戻りになりました。マジっすか⁉

私は宙を摑《つか》む手を静かに戻して、ゆっくりと振り返り公女モードで笑みを浮かべる。

「よろしくお願いしますね」

「「「「はい」」」」

「よろしく、お嬢様！」

私、仲良くできるかしら……。

とりあえず、アイドルユニットでも目指せばいいの？

新しくやってきました四人の子どもたち。

彼らは悪い子ではありません……。少なくとも大公家に敵対するような意思は感じられませんでした。私や教育係であるヴィオたちの言うことも聞いているようです。

この四人は決して悪い子ではないのです。

でも、微妙……。

「ユールシアお嬢様。本日のご予定ですが、午前中に礼儀作法の先生がいらっしゃいます」

「ええ、わかりましたわ」

ノワール君？　今日の報告はそれで終わり？　お仕事に戻っていいのよ？　どうしてじっと私を見ているの？　というか、どうしてテーブルの焼き菓子を見ているの？　この程度でご褒美とかあげませんよ？

「……食べてもいいですわ」

「ありがとうございますっ、お嬢様！」

ごはん、足りないのかしら……。従者用の食事は結構豪勢だって、フェルやミンが喜んでいましたけど。

──ガシャンッ！

「あっ、お嬢様、ごめんなさい。花瓶割っちゃいました」

また、ドジっ子ニネットちゃんが物を壊したようです。この子は注意力散漫というよりも、注意力がまったく〝無い〟のかもしれない。

この子が私の護衛……。

「ニネット……室内だから、練習用の剣を持たなくて良いのではないかしら？」

「いえ、私はお嬢様の護衛なので……えっと、剣は好きです」

「あ、そう……」

誰も好き嫌いは聞いていません。注意力が無いくせに、そんな物を腰につけて動き回っているから色々壊すのだと、遠回しに言っているのですよ？

「大丈夫ですよ、ユールシアお嬢様」

そこに腰を低くしたノワールが口を挟む。一応、妹を庇《かば》おうという気持ちはあるようです。

「大公家の財力でしたら、こんな花瓶の一つや二つ、気にされるほどのことはありません」

……は？

「さすが大公家ですよねぇ。私……ここで働けてよかった」

あなたたち……何を言っているのかしら？

「……とりあえず、片付けて」

「分かりました、お嬢様。ほら、ニネット。花瓶を片付けるんだ」

君がやりなさい、ノワール。あなた、暇なのでしょ？

「は～い。すぐにメイドを呼んでくるね」

私はゆっくりと眉間を揉みほぐすと、誰が片付けるか押しつけ合う双子に、自然と漏れそうになる威圧を抑えつつ、静かに微笑《ほほえ》んだ。

「早く片付けなさい。あなたたち二人で」

わたくし、生まれて五年半……初めてイラッとしましたわ。

「クリス。お茶を淹《い》れてくれないかしら」

味はしないけど、悪魔でも喉くらい渇きます。

「かしこまりました。それとわたくしの名前は、クリスティナです」

「……はい」

愛称で呼ぶのはダメですか。あなた、ファンティーヌには『クリスちゃん』って呼ばせていたじゃない。

「お茶の好みを言ってくださらないと困ります」

「……適当にハーブティーで」

「それでは、適当にハーブティーを淹れてまいります」

「あ、ファンティーヌはどこにいるのかしら？」

「存じません。それでは、しばらくお待ちください」

「……あ」

バタン……と扉を閉じて、そのままどこかへ行ってしまいました。

彼女……クリスティナは、私と同じ歳とは思えないほどお仕事はできるのですが……細かすぎるといいますか、繊細？　じゃなくて神経質なのでしょうか。

クール系と言えればいいのですけど、同じクール系のヴィオとは天と地ほどに印象が違う。

今のところ、ツンが百パーセントでデレが皆無です。

うん。彼女に悪気はないと思うの。ただ完璧主義なだけだと思うの……。

そうだと言って！


そしてもう一人の侍女兼メイドである彼女は、丸一日その姿を見ないことがあります。

「ねぇ、フェル。ファンティーヌを見ませんでしたか？」

お茶の時間にフェルに訊ねてみると、彼女は何かを思い出すように首を傾げる。

「あの子でしたら、午前中は中庭の花壇で穴を掘っていましたよ？　ユル様がなにか頼んだのではないのですか？」

「いいえ……？」

何があったのでしょう……とフェルと二人で首を捻ると、その場にいた他のメイドさんたちが次々と教えてくれました。

「あの子なら厨房《ちゅうぼう》で、ユル様のお菓子を貰っていましたけど……ありませんね」

「私は毛布を持って、どこかへ歩いているのを見ましたぁ」

「そういえば、今日は一番で食事を貰いに来ていましたけど、ユル様の食事のお世話をしなくていいのですか？」

「そういえば……ユル様の絵本とクレヨンを持って歩いていましたが、ユル様が使われたのですよね？」

「…………」

家政婦は見ていたようです。ファンティーヌちゃん、あなた何をしているの？　親戚の家で勝手に遊んでいる子どもですかっ。

マイペース？　マイペースなのか？　でも！　それでもあの四人の中では、ファンティーヌが一番マシだったりする。とりあえず、彼女だけ『会話』が成立するのよねぇ……。言葉を理解してくれているのか不明ですけど。

あの四人も、きっと打ち解けられればまともになるはずです。人間なのですから、良いところもきっとあるはずなのです。

主人である私も、彼らもまだ子どもです。子どもが働くのは色々と問題が起きるものなのです。何年か経って私たちが大人になれば、落ち着いた立派な従者となってくれるでしょう。

……私の限界とどちらが先かしら？

そして、そろそろお父様のお仕事を手伝うために、大公家の娘として領地の視察に行く日が近づいてきました。

従者にあの子たちを連れて……。

「…………」

……逃げたらダメですかね？

＊＊＊

王都ヴェルセニアにある魔術学園本校には、タリテルド国内にいる魔力のある貴族子女のほとんどが通うことになる。

王都に別邸がある場合や、屋敷を借りられる貴族家は別だが、そうではない地方の中級貴族や下級貴族のために、学園には学生寮が完備されていた。

その中の一人、ヴァルン男爵家の三女、今年五年生となったセリの部屋に、ある日、一通の招待状が届けられた。

「こ、これって⁉」

その〝差出人〟を知った瞬間、驚愕して叫びそうになった自分の口を、セリは慌てて両手で押さえた。

北部の小さな領地で特に大きな産業もないヴァルン男爵家では、王都に別邸を持つほどの余裕はなく、三女ということで北部の分校に通うところを、なんとか王都の本校に通うことはできたが、セリも学園の寮住まいをせざるを得なかった。

王都に屋敷のある裕福な貴族家や大商人の娘などは、毎日のように茶会を開いて、王都の流行りの服装や音楽などの話をして、高級店の菓子やお茶を楽しんでいる。

でも、セリのような地方の令嬢がそんな集まりに呼ばれるはずもなく、セリは、同じ境遇の友人や平民の娘などと集まり、学生寮の室内でお茶会の真似事をして華やかな世界を夢見ていた。

そんな彼女たちの話題に上がるのは、日常のこと。学園のこと。カッコイイ男の子のこと。ごく稀に仲の良い先輩のお姉様に誘われて参加することができた、本物のお茶会の話を、参加者から聞くこと……。

そんなセリたちが最も憧れたのは、噂話で聞く『月夜の茶会』のことであった。

その茶会は通常の手段では参加することはできない。上級貴族家の令嬢が参加を打診しても、断られていると聞く。

それは、突然自室に届く、一通の『招待状』から始まる。

身分に関係なく、これまで面識もなかった少女たちに届くその招待状は、オーベル伯爵令嬢ミレーヌに認められた者たちに届くといわれ、その『月夜の茶会』に参加できた少女たちは、夢見るような表情で、どれだけ茶会が素晴らしかったのかを他の者たちへ語るのだ。

うら若き美麗な執事たちと、可憐で妖精のようなメイドたちが少女たちを出迎え、薔薇が咲き乱れる豪奢な庭園で、豪華な料理と菓子、素晴らしい飲み物を提供され、茶会の主であるミレーヌ嬢――『白銀の姫』の美しさに魅せられて……。

だが、月夜の茶会には誓約がある。

ひとつ、届いた招待状を誰にも見せてはいけないこと。

ひとつ、招待されたことを、終わるまで決して誰にも話してはいけないこと。

ひとつ、夜に迎えに来る馬車に乗るまで、誰にも見つかってはいけないこと。

もし、どれか一つでも誓約を破った場合、迎えが現れることはなく、その者には二度と招待状は届くことはない……。

その社交界でステータスにもなりうる招待状が――

「き……きちゃった……」

セリは寮の自室で扉の下から見つけた〝白銀の薔薇が描かれた招待状〟を胸に抱え込み、見たこともない大金を預かったかのように怯えながら、慌てて肌着の下に隠した。

「うう～～……誰かに話したいぃ～～っ」

あまりの興奮からベッドに飛び込んでゴロゴロと転げ回って悶《もだ》え悩み、同じ寮の友人たちが夕食に誘いに来ても、うっかり話してしまうことを恐れて、食欲がないと嘘《うそ》を吐いて部屋の中に閉じ籠もった。


そして……その夜――。

「うわぁ……」

幼い頃に絵本で見て憧れた可愛らしい馬車に乗って、セリは見知らぬ豪華なお屋敷の、見知らぬ美しい庭園へと招かれた。

周囲を埋め尽くすように真っ赤な薔薇が咲き乱れ、どこからか流れてくる優美な音楽がほどよく耳をくすぐる。

真っ白な大理石で作られたテーブルと、細い金属で作られた真っ白な椅子では、セリと同じように〝白銀の薔薇が描かれた招待状〟を持った少女たちが、美しい執事とメイドにかしずかれ、もてなされて蕩《とろ》けるような表情を浮かべていた。

「ようこそ、いらっしゃいました、セリ様」

そして、到着したばかりのセリに近づいてくる、黒と紫のドレスを纏う銀髪の少女。

「は、はい……ミレーヌ様……」

月のように白く輝く銀の髪。青い血が流れるような白い肌。

（なんて……素敵……）

そのあまりの美貌に見蕩《みと》れてセリの足が止まり、その紫がかった銀の瞳に宿る妖しい光に見つめられて……セリの表情も心も他の少女たちと同じように蕩けていく。

「さあ、いらっしゃい」


少女たちは翌朝自室のベッドで目覚める。

でも、昨夜の件が妄想や夢ではなく、茶会に参加した〝証〟である〝銀糸のリボンを巻いた一輪の薔薇〟を見つけた少女たちは、友人や家族に昨夜のことを伝え、『月夜の茶会』の素晴らしさを夢見心地で語るのだった。

セリを含めて戻ってこられなかった、少数の少女たちを除いて……。

第四話　聖女様の華麗な日常

「ユル……ほんっとうに、わたくしやヴィオたちが、ついていかなくても大丈夫？」

「はい、お母様。わたくし、頑張りますわ」

来てほしいに決まってる。（涙）

ついにやってきてしまった領地視察へ出発する当日、お出かけする寸前のさらに寸前まで、念には念を押されて、心の底から心配そうなお母様や婆《ばあ》やたち使用人に見送られながら、私は馬車に乗り込んだ。

「それでは、ブリジット。お願いしますね」

「はいっ、お任せください、姫さま！」

お父様と約束した領地の視察ですが、正確にいうと、大公家が直轄して管理している領主のいない土地で、今はお父様の家臣である準男爵さんが治めている地方都市となります。

そんな場所に行くのだから、もちろん護衛騎士団の十名もついてきてくれています。私が心の中で『ブリちゃん』と呼んでいるブリジットは、王宮でサラちゃんと共に剣を捧げてくれました鼻血騎士さんです。お鼻の粘膜……弱いのよね。

ブリちゃんは女性劇団の男役みたいなカッコイイ感じの女の子です。……いつかサラちゃんと歌いながら踊り出しそうで怖いわ。

お母様や婆やが心配しているのは、これまで私のお世話をしてくれていたヴィオたちを連れていかないからですね。

そもそもあの三人はお母様専属の従者ですし、私がお母様の娘だから家政婦《メイド》として私のお世話もしてくれていたのです。試用期間とはいえ私にも〝従者〟ができたのなら、私が大公家の娘として彼らを使ってあげないといけないのです。

つまり、今回の旅のお供とお世話役は、あの四人を連れていくのです！

……どうして悪魔である私が、胃の痛みを感じるのでしょう？

「「「「…………」」」」

「…………」

か、会話がありません。

大公家の大型馬車にあの四人と一緒に乗って移動しているのですが、私には話すことがありませんし、あの四人にしてみれば『特に仲の良くない上司』が一緒にいるせいで、彼らもまったく話さないのです。

いえ、そうでもありませんね……。

「あ〜〜森だ〜」

空気を読まないことに定評のあるファンティーヌが、一人で窓の外を見ながらはしゃいでおります。と、いいますか、他の三人も好き勝手に自分の好きなことをしていますけど。

一人ではしゃぐファンティーヌ。その隣で読書をしているクリスティナ。ノワールは綺麗な懐中時計を磨いていて、妹のニネットはこれまた真新しい自分の剣をずっとニヤニヤした顔で見ていました。

皆さん、楽しそうでなにより。それで？　私のお世話は？

でも、ここは中間管理職の私が、職場環境の改善のために動かないといけません。

別に私が沈黙に耐えきれなくなったわけではないのです。

それで……誰から話しましょう？

この中で話しやすそうなのは……大人しそうな護衛騎士見習いのニネットでしょうか。

「えっと……ニネット？　その剣がお気に入りなのかしら？」

……待て。すぐに返事がなくても気を荒立ててはいけません。

「……ニネット？」

「……え？　ああ、はい。そうですねぇ。これ、凄い剣なのですよ。わざわざ王都の老舗から取り寄せたんですよ～」

「……え？」

随分と凄そう……というか剣から〝魔力〟を感じますけど、かなり高価そうですが、よくお金がありましたね。

私がそんな感想を抱いていると、妹の発言にハッと顔を上げたノワールが胡散臭《うさんくさ》い笑顔を向けて、私が何か言う前に喋《しゃべ》り出《だ》した。

「お嬢様っ、何も問題ありません。ニネットはお嬢様の護衛騎士です。その装備はすべてお嬢様をお守りするためのものです！　そのために必要な物を揃える必要があるのです」

「お嬢様の名前で頼むと、なんでも届くんですよ～」

さらに爆弾発言をするニネットにノワールの笑顔が引《ひ》き攣《つ》り、揉み手をするように、にへらと笑みを浮かべる。

「さすがお嬢様っ、大公家の姫です！　ほら、ニネット！」

「あ、うん。お嬢様、すごいです。ありがと～ございま～す」

「………」

あ、ダメだ、これ。

私の名前で……って、大公家の名前で〝勝手に〟注文したってことよね？

ニネットの剣って魔力剣って奴だよね？　私、知ってるよ？　人間が創れない神剣や魔剣を模して作った、人造魔剣だよね？

しかも老舗から取り寄せたってことはブランド物よね？　そんなの部長クラスの人が乗る車みたいな物で、騎士団のエリートである聖騎士団の隊長クラスでないと持っていないわよ？　ニネットの年俸、何年分だと思っているの？

まさか、ノワールの持っている懐中時計もそうじゃないでしょうね？　なんか銀製の高そうな時計だけど、この前は金色のを持っていたわよね？　何個買ったの？

　この世界の時計は夢で見た光の世界のように機械式じゃなくて、魔力剣と同じ魔法陣式なのですけど、決して安い物ではないのです。

　ダメだ……もう胃が痛い。

　この二人と会話すること自体を胃袋が拒絶するので、仕方なく読書をしている侍女見習いのクリスティナに話しかけましょう。

「ね、ねぇ、クリスは何を読んでいるのかしら？」

「わたくしの名前は、クリスティナです。〝本〟を読んでいます」

「…………」

　そりゃ、『本』でしょうよ。だから、なんの本を読んでいるのよ？　まだ愛称呼びをする段階でもなさそうですね……。じわじわと歩み寄るしかなさそうです。

「……図書館にありましたの？　そんな古そうな本、ありましたかしら？」

「図書館の奥にある個室にありました」

「え……でも、個室って……お父様の書斎……？」

「わたくしは知りません」

　お父様の書斎は、家族と上級使用人以外、立ち入り禁止ですよ……？

　もう希望は、ファンティーヌに託すしかありません。

「ファンティーヌ？　楽しい？」

……我ながら、なんというコミュ障な話しかけをしているのでしょう。ですが、馬車に漂う微妙な空気も読めない彼女は、ニカッと笑って振り返る。

「うんっ、楽しいよぉ。お嬢様も一緒にお外見ようよ」

「う、うん」

本当に彼女とだけは、ギリギリですけど会話が成り立ちます。意思疎通ができているかどうかは自信がありませんけど。

でも、もしかしたら、可能性は低いかもしれませんけど、彼女を理解することができたとしたら、主従を越えて友人になれるかもしれません。

ファンティーヌのように、座席に膝立ちになって窓の外を見る、一般幼児のような真似をするのは気が引けますが……って、あれ？

「あなた、その靴は……？」

「あ、これ？　キレイでしょ？　お屋敷を探検していたら見つけたんだよ～」

「へぇ……でも、それは誰かの物ではなくて？」

私がそう言うと、ファンティーヌはきょとんとした顔をして、その言葉を笑い飛ばす。

「ううん、違うよ。私が見つけたんだから、私の物だよ～」

「………………」

ほほぉ……なるほど。

ファンティーヌはそういう子だったのですね。そりゃ綺麗よ？　だってそれ、私のパーティー用の靴ですもの。

ふむふむ。……うん。よく分かりましたわ。

私は動いている馬車の中で立ち上がり、ずかずか歩いて勢いよく馬車の扉を蹴り開けた。

バタンッ！

「ブリジット！　サラ！　あなたたち、わたくしをどちらかのお馬に乗せてちょうだい!!」


申し訳ありません、お父様……

私に中間管理職は無理でしたっ!!


あいつら、もう絶対に連れてきません！

わたくし、一人でもたくましく生きてみせますわ！

「──『光在れ《ひかりあ》』──ッ!!」

そんなストレスで色々ささくれ立った神聖魔法でもちゃんと発動したようで、【再生《リジェネレーション》】の効果を受けた鉱員さんの無くなった右脚がにょきにょきと生えてきました。……やだ、きもい。

『──おおおおおおおおおおおっ！』

一週間後に到着した鉱山に隣接した街で、その光景を見た領主さんの館に集まっていた人々から響《どよ》めきが漏れる。

でも……そんな事はどうでもいいのです。

私は、新しく生えてきた脚に、すでにすね毛がボーボーなのが気になって仕方ない。

「……髪も生えてくるのかしら？」

響めきの中で微かに漏らしただけの私の声に、何故か数名の男性の肩が微かに震えた。

「あ、あああああ、あ、ありがとうございます、聖女さま！」

「いいのですよ」

あらあら、鉱員さん、何を怯えていらっしゃるのかしら？　ストレスのせいで表情が消えているだけですのよ？

あら？　どうしてサラちゃんやブリちゃんもそんなに離れているのでしょう？　あなたたちは護衛なのだからこちらへいらっしゃい……。

そんな異様な空気の中で領主代行の小父《おじ》様が、おっかなびっくり近づいてくる。

「ゆ、ユールシア姫さま、ありがとうございます！」

「お役に立てたのなら嬉しいですわ」

そろそろまずい気がしましたので、私がニコリと微笑《ほほえ》むと、小父様がこっそりと安堵《あんど》の溜息を漏らした。なんか、ごめんなさい。汗で頭皮がテカってますよ。

「姫様もお疲れでしょう。お部屋を用意してございます」

「大丈夫ですよ。他に怪我を負った方はいらっしゃる？」

「重傷や、欠損のような怪我人は彼で最後です。軽傷の者たちはいますが、この街にも治癒院がありますし、コストル教の司祭様がいらっしゃいますので、姫さまのお手を煩わすほどではありませんよ」

「そうですか……」

そこまで言われると『ストレス発散に【祝福の宴】を使います』とは言えませんね……。

まぁ、普通の人ならここまで魔力を使えませんし、街中を光の天使たちが飛び回るような真似をしたら、〝人間〟として見てもらえない気がします。

「姫様は是非とも私の屋敷に滞在なさってください。ご夕食の時にでも、お父上のフォルト様のお話も聞かせてくださいね」

「ありがとうございます。その程度でしたら喜んで。では、時間があるのでしたら、それまで街の見学をさせていただいてもよろしいかしら？」

せっかくのお出かけですもの、観光くらいさせてください。

「もちろんです、姫様。案内する者を用意しましょう」


「ブリジットっ、サラっ」

「「はい、姫さま‼」」

領主代行の小父様が誰かを呼びに行く間に、護衛騎士の二人を呼ぶ。

ブリちゃんは護衛騎士団の隊長さんだからなのですが、そこにサラちゃんも呼んだのは、二人の名前を〝丼〟と〝皿〟のセットで覚えていたから――ではなくて、サラちゃんはなんと副隊長らしいのです。結局、護衛騎士の全員が来ちゃいましたけど。

それに……どっちかばかり呼ぶと片方が拗ねちゃうのよね。

「あなたたちにお願いがあるのですけど……」

街の観光をしたいことを伝えると、二人が目に見えて慌て出す。

「だ、ダメです、姫さま！　危険です！」

「そうですよ！　姫さまは、かけがえのない聖王国の姫なのですよ！」

まぁ、難色を示されることは分かっていましたけどね。

「ダメ……ですか？」

なので、子どもであることを利用して、上目遣いで目を潤ませながら、〝おねだり〟をしてみると――

「ひ、ひめざ、ばぁ！」

「ひぃ⁉」

突然、ブリちゃんが鼻血を噴き出して悶絶《もんぜつ》して私も思わず仰《の》け反《ぞ》った。

「仕方ありませんね！　私たちがお供いたします！」

鼻血を噴き出して蹲《うずくま》るブリちゃんの延髄にチョップを繰り返しながら、サラちゃんがキラキラしたお目々でそう言いました。あ、それ、鼻血の対処間違っていますよ。

とにかく、幼児のおねだりはあざとい。それにしてもブリちゃんは粘膜弱いわね……。幼児の上目遣いで鼻血出したのではないのよね？　あなた、熱血なだけなのよね？

でも……

「わたくし、お忍びでお出かけしたいので、護衛は一人でお願いします」

「そ、それは……」

「安全な街中だけですから……ダメ？」

二度目の上目遣いでサラちゃんも撃沈できました。

別にお忍びに拘《こだわ》っているのではないのですが、全員で行きますと、あの四人もついてくるかもしれないでしょ？　せっかく彼らには先に休憩してもらっているのに、わざわざ呼び寄せる必要もありません。

……あいつらが来ると私の繊細な心が摩耗するのですよ。

「では、私がっ」

「いいえ！　ここは隊長の私が！」

サラちゃんが手を挙げると同時に復活したブリちゃんも声をあげる。私が困って他の護衛騎士さんたちに顔を向けると、全員が手を挙げていた。あんたらもかい。

正直申しまして、どうして私のような怖い子どもにそこまで……とは思いますけど、お仕事に熱心なのでしょうね。

それではどうやって決めようかと思いましたら、彼女たちは脳筋らしく殴り合いを始めて付き添う一人を決めました。

「私に決まりました!!」

勝者、ブリジット。サラちゃんは惜しかったわね……最後にブリちゃんの鼻血攻撃で視界が奪われなかったら、あなたの勝ちだったわ。

それはどうでもいいのですけど、誰がボロボロになったあなたたちに神聖魔法を掛けると思っているの？


「……ど、どうなされたのですか、姫様」

「……お気になさらずに」

戻ってきた領主代行のおじ様は、怪我はないのに髪型と服装が乱れまくった女性騎士たちを見て目を丸くしていました。

おじ様の隣には小姓のような小さな男の子がいて……あ、そうそう、案内する人と言っていたので、この子でしょうか？　でも……あれ？

「せ、聖女さまっ、お久しぶりです！」

真っ赤な顔で私を見ているこの子は……えっと？

何かを思い出しかけておじ様を見ると、彼は微笑みながら頷《うなず》く。

「覚えていらっしゃいましたか？　この子は例の事件で、あなた様と一緒に保護された、子どもの一人です」

「あああっ」

も、もちろん、覚えていましたよ？　私が美人さんをいただいた、あの第二次悪魔召喚事件で誘拐されて、虐待を受けて死にたがっていた子どもです。

「確か……ノエル君でしたか？」

「はい！　あの時は、ありがとうございました！」

「うん……」

痩せこけていた頬もふっくらとして、身なりも綺麗になって幸せそうに見えました。

ノエル君、良かったわねぇ……あのときは、絶望に染まった、あれほど素敵なお目々をしていたのに……。（泣）

やってしまったことを後悔してはいけません。私は前向きに生きるのです。

話を聞いてみるとノエル君は元々難民の子で両親を失い、彼と同じように親のいない子どもは、お父様がこうして余裕のある家臣に預けているんですって！　さすがですわ、お父様！

「僕ずっと……もう一度、聖女さまにお会いしたかった……です」

あら、モジモジして可愛らしい。

その時、ふと可愛いだけの絵面に異物が混入する。

「この子は優秀ですよ、姫様。魔術の素養もあったようで、まだ七歳ですが、将来は大公閣下の下で働けると期待しております」

あ、領主代行の小父様でしたか。それとノエル君は私の二つ上なのね。

「聖女さま、今日は僕が街を案内します！」

「ええ。ありがとう」

最近、子ども同士の人間関係で心が荒《すさ》んでいたから癒やされますわ……。

……この輝く瞳を曇らせるにはどうしたらいいのでしょう。（外道）
でもノエル君……あなた、頑なに『聖女さま』呼び変えないわね。

そうして私は、ノエル君とブリちゃんを連れて街に繰り出すことになりました。

ひゃっほー、自由だぁあ！

それと、サラちゃんたち残りの護衛騎士たちには、お小遣いを渡して、交代であの四人を見張ってもらっています。

それは何故かと申しますと、もちろん心配だからです……横領事件を起こされるのが。

「この格好……おかしくありませんか？」

いつもの素敵ドレス姿ですと私が例のあの人だとバレてしまうので、おじ様に『街の商人の娘さん』くらいに見えるワンピースを用意してもらいました。

キラキラしている髪は仕方ない……帽子で隠せるかしら？　ついでに顔も隠せれば完璧です。私の眼力は怖いからね……。

「とてもお似合いです！　ひっ、お嬢様っ！」

ブリちゃん……あなた、また『姫さま』って言いそうになったわね？

「す、素敵です……聖女さま」

ノエル君がまた可愛らしいことを言ってくる。そこら辺のお姉さんがすごい目で見ているわよ。

それとね。

「ノエル君？　お忍びなので『聖女さま』とは呼ばないでほしいの」

「で、でも、なんとお呼びすれば……」

「それなら、名前で呼んでくださいなっ」

聖女さま呼び回避です！

「そんなっ！　名前で呼ぶなんて畏れ多い！」

頑なだな、ノエル君。

「そうです！　せめて『ユル姫さま』と、心を込めて！」

ブリちゃん……あなた……。

「ブリジット」

「はい！」

「あなたたち、二人とも、この場での『姫さま』呼びを禁止いたします」

「そんなっ⁉」

驚くようなことかい⁉　お忍びだって言っているでしょ！

「これから街の散策が終わるまで、もし『姫』と呼んだら、わたくしから十歩離れなさい。いいですね？」

「……はい」

私だって命令するときはしますよ？　ただ、強く命令すると喜ぶ子がいるから嫌なのよね……サラちゃんとか。

「そうですね……わたくしのことは『ルシア』と呼んでくださいな」

まだダメですか、ノエル君。

命の恩人だから崇拝しちゃうのも分かりますけど、私ってまともな友達が少ないから、ちょっと期待していたのですけどね。……仕方ありません。

私は彼にニコリと微笑むと、芝居がかった仕草でスカートの裾を摘まんでみせる。

「わたくし……いえ、私は商人の娘の『ルシア』です。街に住むノエル君のお友達で、ただの町娘なのだから、あなたが名前で呼ばないとおかしいわ」

……ね？　ダメかな？　というダメ押しの微笑み。

やばい、笑顔が引き攣りそう。それ以上になんか恥ずかしくて耳が熱い。……ブリちゃんはとりあえずその鼻血を止めなさい。

ニコリと微笑みながら無言のまま見つめると、硬直していたノエル君が震えるように口を開いた。

「……る、ルシア？」

「はいっ」

やった！　ついにやりました。あの〝ゆるキャラ〟みたいなゆるい愛称から、なんかお嬢様みたいな可愛い愛称いただきました！

「それでは行きましょう」

「はい、……ルシア」

「はいっ、姫さま！」

ブリちゃんは、私とノエル君から十歩離れてついてくることになりました。

ノエル君がまず案内してくれたのは、街の中央部にある大広場でした。南北、東西、二本ある大通りの交差地点で、おしゃれなお店とかもあるみたいです。

「ルシアは、なにか見たいものはありますか？」

「どんなものがありますか？」

「そうですね……あっ、名物のお芋揚げはいかがですか？　甘くて美味しいですよ」

……ひょっとして、これ、デートっぽくありませんか？

でも食べ物系はしんどいな……。と思ったのが顔に出ていたのか、ノエル君の顔がとたんに暗くなる。

「……ごめんなさい、お芋なんて食べませんよね」

「お、お芋、好きよ！　すごく好きだよ！」

「本当ですか！　それならたくさん買ってきます！」

「沢山はいらないから！」

ああああああ！　私の言葉に顔を明るくしたノエル君は、私の言葉も聞かずにワンコのように飛び出していきました。

「買ってきました！」

「あ、ありがとう」

お芋揚げとは、潰したお芋を丸めて揚げて砂糖っぽい何かをまぶした、握りこぶし大の食べ物でした。……これが十個？　ウソでしょ？

仕方ありません。最終手段です。脂っこい甘い何かを三分の一ほど食して、あとは……

「お腹いっぱいなの……ノエル君、食べる？」

「っ！」

小食の女の子を気取って残りを差し出すと、ノエル君が物の見事に固まった。

ああ、食べかけはダメよね？　男の子は意外と潔癖な部分があるから。

仕方なく残り八個と私の食べかけを後ろにいたブリジットに渡したら、もの凄い勢いで食べかけから彼女の胃袋に消えていきました。

「ノエル君、どうしました？」

「いえ……なんでもない……です」

どうしたのでしょう？　何故かノエル君はブリちゃんに恨みがましい目を向けています。

あ、なるほど。一個じゃ足りなかったのね。私もまさか、その場で全部食べるとは思っていませんでしたよ。

本当に食べ足りなかったのか、若干落ち込んでいるノエル君。どうしましょう？　それとなく話題を変えてみましょうか。

「あ、そうそう、ノエル君は魔法が使えると聞きましたが？」

話題が街の案内に関係ないじゃん。

「魔法ですか？」

一瞬、怪訝《けげん》そうな顔をしながらも、ノエル君は話に乗ってくれる。

「検査で判明した僕の属性は、火と水と、風と土と……」

「そんなに……？」

私なんて光だけだったのに……。

「それと……『†§†《光》』……」

「え？」

ノエル君が何かの『単語』を発すると、小さな光が点《とも》ってふわりと消えた。

「全属性ですか⁉」

私じゃなく、離れて見ていたブリジットが驚愕の声をあげた。よく聞こえたわね。でも、本当にすごいわ。領主代行の小父様、彼は優秀なんてものじゃないですよ！

私たちが驚いていることにノエル君は少し照れながらも、否定するように小さく首を振る。

「いいえ。僕には神聖魔法の適性はなかったんです。でも何故か心の中に言葉が浮かんで……それが僕に『光』をくれました。この力は……」

ノエル君は私の前で跪き、私の手を取って自分の額を当てる。

「あなたがくれた『光』です……」

「ノエル君……」

ここ、大広場ですよ。

とりあえずノエル君を立たせて、周囲の生温い視線に晒《さら》されながら、手を引っ張るように裏路地へと移動する。

なんでまたノエル君はそんな勘違いをしたのでしょ？

まぁ、たぶんですが、自分を救った私の神聖魔法と『聖女さま』に憧れまくったあげく、厨二《ちゅうに》病《びょう》的な何かを発症して〝光〟に入れ込んだ結果、光の精霊に好かれちゃった感じかも。

私がいても辺りが勝手に暗くなったりしないから、きっと光の精霊はおっとりとした性格なのでしょうね……。本気を出すと逃げるから周囲が暗くなっちゃうんだけど。

でもまぁ、どんだけ聖女さま大好きなのよ、この子……。


「……ん？」

「ルシア？　どうしたのですか？」

裏路地に入って周囲の目が届かなくなって、気づいたら辺りが暗くなった気がしました。今回は私のせいじゃない。

「少し……変な気配が」

「気配……ですか？」

私の言葉にノエル君が不思議そうな顔をする。これだけ微妙だと分からないか。

王家所有の森でも感じた『獣』の気配がします。でも、どうしてこんな街中に？

「すみません……僕にはよく分からなくて」

「でしたら、わたくしの気のせいかもしれませんね。少し疲れたのかも……」

芋食っただけですけど。

でも、そんな私の言葉にノエルだけでなく、離れたブリジットも慌てて近寄ってくる。

「そんなっ……気づかず、申し訳ありませんっ」

「姫さま、お屋敷にお戻りになりますか？」

ブリちゃんは……今更、呼び方はどうでもいいか。

「いいえ。そちらにあるベンチで休ませていただきますわ。ブリジットは飲み物を人数分、買ってきてくださる？」

「え……いえ、かしこまりました」

ブリちゃんは一瞬ノエル君を見て、彼の心配そうな顔に気づいて、自分が買いに行くことを承諾してくれました。

まぁ、普通は護衛であるブリちゃんには行かせないよね。

「…………」

近づいてきている。獣が獲物を求めて。

獲物は、ノエルか私か……。それとも子どもなら誰でも良いのかしら？

私たちが子どもだけになったことで、それは確実にこちらへ向かってくる。

さあ、いらっしゃい。

私の餌場を荒らす害虫ども。

＊＊＊

「――姫さま⁉」

裏路地のほうから聞こえた悲鳴に、ブリジットは持っていた飲み物を投げ捨てて走り出す。

裏路地とは言っても、治安の良い街の閑静な住宅地であり、庭園を囲むように高い壁があるだけの人気のない石畳をブリジットが駆け抜けると、そこには倒れ伏したノエルの姿があった。

「何があった⁉　姫さまは⁉」

何者かに襲撃を受けたのか、痛みに蹲るノエルをブリジットが強引に揺さぶり正気に戻す。とても怪我をした子どもに対する行いではないが、気を取り戻したノエルは文句も言うこともなく立ち上がろうともがき始めた。

「ルシアが……聖女さまが連れ去られましたっ！」

「どちらの方角だ⁉　相手は⁉」

「あちらの方角です！　相手は平民らしき格好の男女二人組。でも、動きが普通ではありませんでした！」

ユールシアが誘拐された。ブリジットはノエルの報告を確認して頷き、護衛であるのに子どもだけを残して持ち場を離れた自分の愚かさに歯噛《はが》みしながら、腰の剣に手を掛ける。

「ノエル君、君はすぐに領主代行殿のところへ！　事態を説明して――」

「ブリジット様！　どうか、僕もお連れください！　初級魔法は使えます！」

指示を遮るように叫ぶノエルに、ブリジットは思わず睨《にら》み付《つ》けた。

こうしている間にも状況は過ぎていく。しかも相手は二人といってもその実力は未知数であり、怪我をした子どもを連れていく余裕はない。だが――

「お願いします!!」

歯を食いしばるように立ち上がるノエルの全身が仄《ほの》かに輝き、身体の傷が癒えていくのを見てブリジットは目を見張る。

「君は……分かった。私は君を守りはしない。我らの目標は姫さまの安全と奪還だ。命を懸けられるか！」

「もちろんです！」

「では行くぞ！　遅れるな！」

「はい!!」

二人は互いを見もせず、ユールシアが連れ去られた方角へ走り出した。

ブリジットがノエルに対して酷薄なのではない。優先順位が違うだけだ。この短い時間でもユールシアに対する思いが同じ方向を向いていると理解して、ノエルも絶対に自身よりもユールシアを優先すると確信していたからだ。

それはノエルも同じであり、ブリジットの自身を含めたすべてを犠牲にする覚悟を悟り、自分もすべてを捨ててユールシアを救い出すことを望んだ。

たとえ自分が倒れても、もう一人が必ずユールシアを救い出すという強い覚悟があった。

「向こうだ！」

「はいっ！」

誘拐犯は何者か？　平民の服装をしていても平民とは限らない。

大公家に害意を抱くどこかの貴族家が動いたのか？　他国の間者や、宗教関連の線もある。

ユールシアに罪はない。

ただ、王家の血筋に生まれ、大公家の姫となり、強力な神聖魔法を使えるだけの魔力を持ち、類い稀なる美貌で周囲から愛される――ただそれだけのことで、ユールシアには多くの敵がいた。ただ今までは大公家の姫に直接手を出す者はいなかった。

今回の敵は誰か？　子ども一人を抱えて逃げているにも拘《かかわ》らず、鍛えているブリジットがいまだに追いつけない。

だが、腕利きとも言えない。ブリジットたちが跡を追えているのは、足跡を消さず、痕跡が残っているからだ。まだ遠くに行ってはいない。それでもこのペースで走り続ければ、ノエルの体力が先に尽きる。

「「…………」」

それはノエル自身も気づいているだろう。その顔に疲労以上に焦りの色が浮かぶ。

そんな考えが徐々に二人の精神を焦らし始めたそのとき――

ズン……ッ!!

腹に響くような重い振動が大地を揺らし、思わず二人も蹈鞴《たたら》を踏む。

何が起きたのか？　嫌な予感にブリジットとノエルは互いに頷いて走り出し、路地を曲がって見たその光景に混乱した。


「あ、ブリジット、ノエルく～ん」

まるで散歩の途中で知人にでも会ったかのように、暢気《のんき》に手を振りながら現れたユールシアの姿を見て唖然としながらも、二人は気力を振り絞って彼女に駆け寄った。

「姫さまぁあ!?　どうなってるんですか!?」

「ルシア!?　無事なのですか!?」

彼女はどうして無事なのか？　誘拐犯はどうしたのか？

その誘拐犯の片割れである男は、尻餅をついた格好のまま壁を見つめて呆然《ぼうぜん》としており、そんな誘拐犯を気にもせず、とてとてと歩いてきたユールシアに、ブリジットはハッとして彼女を庇《かば》うように前に出る。

ブリジットが男に向けて剣を向ける後ろで、ようやく取り戻したユールシアにノエルが飛び出すように抱きついた。

「の、ノエル君っ？」

「ルシア……良かった……」

泣きそうな声で抱きしめるノエルに、ユールシアも彼を突き放すことができずに目を白黒させて、助けを求めるようにブリジットの背中を見た。

「いかがしました、姫さま！　お怪我でもなさりましたか⁉」

「いえ、ぜんぜんっ？」

敵に目を向けたまま背中越しに問いかけてくるブリジットに、何故かユールシアは裏返った声で無事を示す。

「申し訳ありません、姫さま。私の落ち度です。罰は後ほどいかようにもっ。ですが、今は敵の対処を優先します。もう一人の女は？」

「ああ……えっと……神聖魔法でなんとかしました。あ、そうそう。誘拐犯は『人間』ではありませんから、遠慮なしにやってください」

「あ、はい」

先ほどまでの緊迫感はなんだったのか……。ユールシアが姿を見せた瞬間から緊張感がどこかへ旅立ってしまった気がする。

最初は憧れの『姫さま』に仕えられることが幸せで、近くにいることで彼女の愛らしさや可愛らしさを好きになり、勢いで剣を捧げてしまった愛すべき幼い主人であるが、こんな状況で戦う気力を保つことさえ苦労するとは思わなかった。

でも、護衛騎士全員が、そんなユールシアの〝ゆるさ〟を愛していた。

もし彼女がその容姿のように人間離れした性格であったなら、その女神の如き美貌を直視することすらできなかっただろう。

とりあえず、ブリジットは主人が『なんとか』した場所で、壁に人型の染みがあることには気づかなかったことにした。

『……グゥルゥ……ッ』

誘拐犯の男は、ようやく敵に追いつかれたことに気づいて獣のような唸《うな》りをあげ、ブリジットも己を奮い立たせて剣を握りしめる。

「ルシア……下がって」

ノエルも長い抱擁からユールシアを解放して、彼女を庇うようにナイフを構えた。

ユールシアは男を『人間ではない』と言った。その言葉を証明するように、男は目を血走らせ、黒い爪を伸ばして、牙を剝き出した。

「ハァッ!!」

それに臆することなくブリジットが飛び出し、剣を横薙《よこな》ぎに振るい、男の黒い爪とぶつかり硬質な異音と火花を散らす。

男が獣のように左右に跳びはね、ユールシアを狙おうとしたその爪を再びブリジットが弾いて、互いに距離を置くが、騎士の鎧《よろい》ではなく普段着のブリジットは、浅く肩を斬られてわずかに顔を顰《しか》める。

技量ではブリジットが勝っている。だが、装備の違いが痛手になっていた。

「……ルシア。大丈夫、僕が絶対に護るから」

ユールシアが直接狙われたことで、ノエルも彼女を勇気づけるように言葉にしてナイフの柄を強く握りしめるが、その手は微かに震えていた。

そんな状態では魔術も上手く使えないだろう。ブリジットも不利と見て、ユールシアは静かに息を吐くと、そっとその桜色の唇を開いた。

「……『光在れ』……」

その瞬間、膨大な光がユールシアから溢れ、その光がブリジットとノエルに降りそそぐ。

「「――!?」」

神聖魔法。それも普通の魔法ではない。

邪悪な力を退ける【加護《グレイス》】。

見えない防御の鎧を纏う【城塞《プロテクション》】。

魔術から身を護る【結界《シェル》】。

武器に聖属性の力を付与する【聖剣《ホリーウェポン》】。

疲労を軽減し、体力を徐々に回復させる【活性《アクティブ》】。

あらゆる怪我を治癒する【再生《リジェネーション》】。

運気を上昇させ、すべての力を上げる【祝福《ブレス》】。

その他にも理解できないような上級支援魔法の数々に、それを身に受けたブリジットとノエルだけでなく、敵である男にさえも驚愕の眼差しで見つめられたユールシアは、照れたように自分の指を弄りながら、はにかむように微笑んだ。

「少しは楽になるかしら……？」

少しどころの話ではない。これだけの魔法をいったい誰が唱えられるというのか？

その魔法の数々をたった一音節の呪文で発動させた〝聖女〟の実力におののくよりも、そのあまりの過保護ぶりに、感謝するより呆れてしまう。

これではまるで……

最終決戦で魔王と戦うため、聖女に祝福される〝勇者〟のようではないか――と。

静まりかえる一同……その中で。

『……ゥウガァアアアアアアアアアアアアアァッ‼』

何かに怯えるように男が獣のような叫びをあげ、その肉体が歪《いびつ》に歪《ゆが》み始めた。

男の姿が〝人〟ではなくなっていく。

たとえるならば、直立した肉食獣であろうか。その姿を見たブリジットが何かを思い出したように口を開く。

「まさか……半獣人《ライカンスロープ》⁉」

ライカンスロープとは亜人種《デミヒューマン》である〝獣人〟とは違う、〝魔物〟の一種である。

一般的な知識でいうのなら、月を見て変化《へんげ》する『狼男《おおかみおとこ》』だろうか。だが、狼男と同様にライカンスロープが獣となるには、夜である必要があり、昼に変化することはない。

だが男の身体は変化しながらも全身から血を噴き出し、崩壊しているようにも見えた。おそらくはこのままでは勝てないと判断して、命を対価とすることで変化したのだろう。

ブリジットはその覚悟に息を呑み、獣と化した男は爛々《らんらん》と輝く黄色い目をブリジットへ向けた。

「――っ！」

その瞬間、大気が灼《や》けるような勢いで飛び出した男がブリジットに襲いかかる。

大量の支援魔法を受けたブリジットも、それに対応し、聖属性の剣が獣爪を断ち、そのまま男の脇腹に食い込んだ。だが――

『ウガァアアアアアアアアアアアア!!』

深手を受けた男は叫びをあげると、脇腹が斬り裂かれるのも構わずブリジットの脇をすり抜け、その背後にいたユールシアに襲いかかった。

「やらせない！」

そこにノエルが立ちはだかり、ナイフを構えてユールシアを庇う。

だが、いかに多くの支援魔法を受けていようとノエルはまだ七歳の子どもにすぎない。このままではユールシアを守ることと引き換えにその身が引き裂かれる。

「ノエル君っ」

ノエルの背後から、護るべき少女の声が届く。

それが奇跡を起こしたのか、一瞬ノエルの背後を見た獣と化した男が怯えたように硬直する。

邪悪なる者は真に清らかな者を恐れるという……。

ノエルはそれを思い出し、全身に受けた祝福の光が彼を奮い立たせ、少女の声がノエルの奥にあった真の力を呼び起こした。

「――『†§†《光よ》』――っ！」

それは魔法の詠唱ではない。

人が発することができない、上位精霊のみが使える精霊語の一節――。

選ばれた者だけが使える『光』を呼び起こす力だった。

ノエルの全身から眩《まばゆ》いばかりの光が放たれ、ノエルが持つナイフの刃から光が伸びて、硬直した男を一撃で斬り裂いた。


「『…………』」

その光景にブリジットが目を見開き、ノエルも自分のしたことに目を丸くして倒した男を見つめていた。

ノエルの身に何が起きたのか？　そしてユールシアを襲ったこの男は何者か？

敵は倒した。護衛対象も救い出した。だが二人にとって理解できないことが多すぎた。

とにかく今自分が感じていることだけでも話そうと、二人が同時に口を開きかけたそのとき、少女の声が耳に届く。

「二人とも、ありがとう」

疑問も苦悩も、何もかも吹き飛ばすようなユールシアの満面の笑みを見て、二人はその衝撃から一瞬頭の中が真っ白になる。

「それでは、街の見学に戻りましょう」

「……え⁉　ルシア⁉」

「ひ、姫さまぁあ⁉　念のためにもここは――」

「し～っ」

慌て出した二人にユールシアは可愛らしく人差し指を唇に当て、笑いながらクルリと回ってスカートをひるがえした。

「今日のことは三人の秘密です。だって、お父様に叱られちゃいますから……ね？」

その微笑みは……

命懸けで彼女を護った二人にとって、何物にも代えがたい最上の褒美だった。


そして、人騒がせな『聖女さまご一行』は、その二日後に帰路に就いた。

徐々に小さくなっていく馬車をいつまでも見つめながら、ノエルは思う。

「聖女さま……ルシア……」

仲間たちを殺され、苦痛の中で生きることに絶望して、ただ〝死〟が訪れることだけを望んでいた自分を、厳しい言葉で叱咤《しった》し、慈愛の瞳で諭して救ってくれた、綺麗で小さな聖女さま……。

その清らかさも美しさも含め、彼女の存在すべてに心を打たれ、ノエルはユールシアに崇拝に近い想いを抱いていた。

それから二年の時が過ぎても、その想いは色褪《いろあ》せず、それどころかさらに強い想いへと昇華したところへ、ノエルは再び彼女と会うことを許された。

再会した彼女は、さらに美しくなり、その清廉さに存在自体が輝いてさえ見える、近寄ることさえ畏れ多い存在となっていた。

大公家の公女であり、聖王国の姫……。聡明《そうめい》で美しく、物静かで常に落ち着きを持ち、優しげな瞳で民を見守っている真の聖女、と人々はいう。

でも、それは違っていた……。

彼女は、どれほど聖女と謳《うた》われていようと、一人の女の子だったと気づかされた。

聖女と讃《たた》えられるよりも、普通の女の子のように名で呼ばれることを喜び、口にすることさえなかったはずの素朴な食べ物を、不思議そうな顔で頬張るような女の子。

外見は目も眩むほど綺麗な少女でありながら、少し眠たげな眼差しで、のんびりとした喋り方をする、暢気《のんき》な性格の女の子。

思い出すだけで、彼女を取り巻く評価との違いに、ノエルの頬が緩む。

そんな彼女が攫《さら》われたとき、失うかもしれない恐怖に目の前が暗くなり、心臓が締め付けられる思いがした。

彼女を取り戻せたとき、崇拝と思っていた自分の本当の想いに気づいた。

彼女を……『ルシア』を護りたい。

一生を懸けて……ずっと。

自分の『光』は、そのために神が与えた力なのだと、ようやく理解した。

力が欲しい。

彼女を守れるように……。

ルシアを誰にも奪われないように。

聖王国の伝説にはこう記してある。

その存在は、この世に巨大な邪悪が現れたとき、光の精霊によって選ばれ世界を救う……と。

「僕は前に進むよ……ルシア」

その日、少年は一歩、大人になるため前に歩き出す。

たった一人の、『聖女』の傍らに立つために。

いずれそう呼ばれることになる、聖王国の『勇者』として。

＊＊＊

「あら……下僕が一人死んでいるわ」

暗い部屋の中、〝寝所〟から起きたその女性は、明かりを灯すことなくメイドに髪を梳《と》かしてもらいながら、黒い石の一つが割れていることに気づいた。

「いつから？」

「私どもが起きたときにはこのような状況でしたので、おそらく昼間かと」

「面倒ね……。また補充してちょうだい」

「かしこまりました」

行動に制限のある彼女たちは、昼に動かせる下僕として〝闇〟に生きる者を使っている。

けれども、そうした者たちに金銭で動く者は少なく、裏切りもありえたことから、魔術による精神支配を行い、その制御に『魔石』という魔物から取れる石を使っていた。

魔石を体内に持つ生物が『魔物』であり、魔素の濃い地域で活動する動物の体内で魔石が生成され、凶暴化して魔物になる。

人が住む多くの地域は、魔素が薄い場所であり、それでも魔素の濃い地域に住み、人間が魔物化せず変化した種族がエルフのような亜人種と呼ばれ、その中で〝闇〟に近い種族は、『魔族《エビルレース》』と呼ばれていた。

だが、その闇に近い者たちを下僕とする彼女たちは何者なのか？

「カミラ。また勝手に下僕を動かしたわね」

月夜のテラスで茶の香りを楽しんでいたその女性に、銀の髪をした少女が訪れ、咎《とが》めるような言葉を使う。

「いやだわ。〝お母様〟になんてことを言うのかしら……ミレーヌさん」

「それなら、相応の気品を備えたらいかが？　オーベル伯爵夫人」

結いもしない黒髪を流した二十代後半の美女が嫌みを言って、それにミレーヌが嫌みを返す。

オーベル伯爵夫人、カミラ。オーベル伯爵令嬢、ミレーヌ。

母と娘……だが、二人の容姿に似たところはない。

「いいじゃない。わたくしも可愛い子どもが欲しいわ。そうね、金髪の幼い子がいいわ」

「そんなだから、あの国を出ることになったのではなくて？」

母と子が睨み合う。殺気すら渦巻き、執事や侍女たちが顔色を白くする中で、三人目の声が割り込むように響いた。

「やめよ。仲間割れをしてどうする」

「「………」」

現れたその壮年の男性に、カミラとミレーヌは返事もせず、ミレーヌは無言のままカミラと同じテーブルに着いた。

オーベル伯爵。その妻と一人娘。

娘が病弱なことから領地から出ることもなく、他の貴族とあまり関わらないことで知られる彼らの顔を知る者は多くない。

だが、祖父世代の貴族や、オーベル伯爵領に昔から住む者が彼らを見ればこう思うだろう。

彼らは何者だ？　――と。

オーベル伯爵は自分の灰色の髪を撫でつけ、二人の態度に溜息を吐きながら同じテーブルに着く。

「ミレーヌ。もっと良い娘はいないか？」

「高位貴族は下手に扱うと厄介よ？」

「それでも、もっと良い子が欲しいわ……下級貴族は飽きたし」

「だからといって勝手に動かないでね、カミラ。頭は良くないのだから」

「ミレーヌっ」

「やめよ」

また諍《いさか》い始めた二人に顔を顰《しか》めたオーベル伯爵は、睨みながら口を開く。

「もう一度言う。我らの目的には、多くの高貴な血を持つ者が必要だ。それを得ることで我らはさらに力を得ることができる」

「ええ」

「わかっているわ」

「ならばやる事は分かっているな。我らを罠《わな》に掛けた〝奴ら〟に目に物見せてくれる」

その言葉を聞いて各々が動き出し、ミレーヌは家族である二人から離れたところで、吐き捨てるように呟いた。

「……見捨てたくせに」

第五話　六歳になりました

害虫駆除をやろうとしたら、ブリちゃんとノエル君がめっちゃ優秀で焦りました。

焦って腕を振り回したら一匹潰れてくれたので助かりましたが、二匹目を潰す前に二人が追いついてきちゃった……。

もぉ！　二人とも無茶ばっかりして。仕方なく神聖魔法をてんこ盛りにしたけど、正直あれでもまだ足りないわ。

でも、なんだったのかしらねぇ……ノエル君のあの力。

人間が得る光の属性とはなんか違う気がするのよね。どちらかというと精霊っぽい魔力の流れを感じたわ。

それにあの言葉……あれって、高位精霊や高位悪魔が使う『神霊語』よね？　一音節だけ使えるみたいだけど、どうやって人間が発音しているのかしら？

ただ、やっぱり人間だと無理があるのか、全存在に意思を伝えるはずが、普通の人には聞き取れないみたいですけど。

「……あ」

も、もしかして、私が神聖魔法をてんこ盛りにしたせいで、副作用⁉

どうしよう……訴えられたりしないかな？　あの後ずっと顔が真っ赤だったし、熱はなかったけど、なんかおかしかったのよね。

とりあえずご復調をお祈りしておきましょう。

さて！　そんなこんなで、私が領地の視察を行いましたけど、他にもちらほら私に来てほしいところがあるとかないとか、お父様から聞いております。

そして！　わたくし、ついに六歳になりました！

六歳といったらもう立派なお姉さんです。もうお父様以外の男性のお膝には乗りませんわ！

……あ、お祖父《じい》様が私を見てる。

そんなわけで六歳となりましたが、特に変わったことなどありませんでしたわ。

まぁた、王城と王宮でお誕生日会を開催しようとするお祖父様に、お祖母《ばあ》様やエレア様の前で泣き真似をして困らせたり。

シェリーのふわふわ髪をモフったり。

今度はちゃんとトゥール領で開催できたお誕生日会で、三十路《みそじ》の息子との婚約話を持ってきた勘違い貴族を、使用人全員が殺意を込めて威圧しましたり。

ベティーと息が切れるほど遊んだり。

馬車で乗り付け、抱えきれないほどの白薔薇の花束を、抱えきれなくて玄関で潰れたリックを生温い瞳で見守ったり。

ティモテ君にほわほわと癒やされたり。

今回は来てくださらなかった、大好きなお姉様方にこの溢《あふ》れる想いを伝えたくて、泣いて嫌がる風の精霊にお願いして、真夜中から朝まで窓をガタガタさせたり。

本当に、なんの問題もない平和なお誕生日会でしたわ！

……すみません。

現実から目を逸らしておりました。

来年の一月から小学生……じゃなくて、魔術学園の初等部に入学になりますので、そんなに時間はありません。領地の視察から三ヵ月が経《た》ち、私は『秋中の月』生まれなので残りもあと三ヵ月となります。

従者候補のあの四人……どうしようかしら？

何かすべきなのかと思いますが、こう見えて私は意外と忙しいのですよ……〝色々〟と。


「……あら？」

ある日、お稽古の後で自分の部屋に戻ると、鍵の代わりに【城塞《プロテクション》】を掛けておいた扉の下に、一通の封書が落ちていました。

……むむ。薔薇の香り？　私の偏見に満ちた経験上、このような物には碌《ろく》なことが書いていないと相場が決まっています。

そもそも人間では突破も難しいこの部屋に手紙を忍ばせるとか、むちゃくちゃ怪しいじゃありませんか。ちなみに魔法で鍵を掛けていたのは、あの四人が勝手に入ってこられないようにするためだったりする。

でもちょっと、差出人は気になりますね……。中身は……招待状？　差出人は……

「ああ、なるほど」

面倒ですね。ちなみに私は現在一人です。あの四人が今のお世話係なので、こんな対処の一つも自分でやらないといけないのですよ。

誰か近くにいませんか？　呼べば来るのでしょうけど、わざわざ仕事を止めてきてもらうのも大変です。誰か……あ、いましたね。

「お待ちなさい」

私は廊下を歩いて、向こうから来たその子に『招待状』を差し出した。

「クリスティナ。これをオーベル伯爵令嬢へ、お断りの文言と一緒に送り返してくださる？」

声をかけるのは数日ぶりですが久しぶりに感じます。暇そうだからちょうど良かったみたいですね。

「……え？」

彼女もその招待状の〝噂《うわさ》〟は知っているのか、オーベル伯爵令嬢の名前を聞いて、信じられない物でも見たように固まっていました。

へぇ。あなたでもそんな顔ができるのねぇ。

「それでは、確実に送り返してくださいね」

そう言って立ち去る私が自分の部屋に入るまで、クリスティナは『月夜の茶会』の招待状を凝視したまま微動だにしませんでした。

私はクリスティナをはじめ、あの四人とは会話もしていません。

名目上はお世話係なので顔を合わせることもありますが、私は彼らに何も頼みませんし、彼らも言われなければ何もしませんから。

どこかに行くときも彼らを連れていきません。ブリちゃんやサラちゃんたちがいれば、全然問題ありませんからね。

家令さんにもお願いして、私の名前を使った高額商品の購入も止めています。ドレスルームやお父様の書斎も鍵を変えてもらって、爺《じい》やと婆《ばあ》やに鍵を管理してもらっています。

私の名前だけで色々できるのなら、私個人が動けばもっと色々できるのですよ。

自慢じゃありませんが、わたくし、これまで我《わ》が儘《まま》一つ言ったことのない、とても良い子ちゃんで、ちょっとお願いするだけで大抵のことがまかり通るのです。

……証拠を見つけて解雇することも簡単なのですよ。

でもねぇ……。せっかくお父様が、ノエル君みたいにあの事件に関わって大変な子どもを保護して、仕事を与えているのに、私が辞めさせたらお父様が悲しむと思うのですよ。

はぁ〜〜〜……。

私はあの夢で見た〝光の世界〟で生きた女の子の〝記録〟があるので、お仕事も真面目にしますけど、十歳以下だとノエル君みたいな子どものほうが珍しいのかもしれませんね。

ひょっとしてお姉様方みたいに、あれが貴族のスタンダードなのかしら……貴族おそるべし。

でもまぁ、せっかく一人で動けるのですから、用事も済ませてしまいましょう。

私は〝色々〟と忙しいのです。

「誰か、ブリジットかサラを呼んでくださる？」


私には『聖女』として〝裏〟の仕事があります。

まぁ、私としては表に出しても問題のないお仕事なのですが、あの領主代行の小父様から始まり、それに参加した全員が家族にさえ語ることなく、聖王国の裏側で広がり続け、私個人を崇め奉るその『会』は、貴族男性を中心に発足しました。

その『会』の仲間意識は鉄よりも堅く、裏切りも情報漏洩《ろうえい》も存在せず、その結束の証として私のところには貢ぎ物や多額の〝献金〟が届けられるのです。

その会の名は――

『輝きに闇をもたらす聖女の会』――である。

なんじゃそりゃ。

「ユールシア様、ご機嫌麗しゅう。先日はありがとうございました。此度《こたび》は我が友人である、ゼッシュ・カペル卿《きょう》を紹介させていただきます」

「……ええ」

「公女殿下、お初に目に掛かります。本来なら私のような者にお会いくださるだけでも、畏れ多いことですが、……ですがっ」

うん、そうなりますよね。今は家を出て準男爵位を持つ商爵となりましたが、彼はうちのヴェルセニア大公家の政敵である、現カペル公爵の弟なのですよ。公爵はお父様が大公になるのにも最後まで文句を言っていたと聞いています。

ゼッシュは兄の公爵と歳が離れているのか、まだ三十代と年若い。それでも……いえ、だからこそこの会の恩恵を得たいのか、紹介してきたルポン子爵と肩を抱き合ってさめざめと泣いていた。

……おっさんたちが鬱陶しい。

「……それで、ゼッシュ様はよろしいのですか？」

「はい。確かに家を出てもカペル公爵家に情はあります……ですがっ、私の忠誠は、兄にではなく王家にあります。もし、兄が公女殿下の害となるようなら、私も容赦は――」

「わかりましたっ、わかりましたから！」

なんか物騒なことを言い始めましたよ、この人！　もうさっさとやってしまいましょう。

「それではゼッシュ様……わたくしが、あなたの〝光〟に〝闇〟をもたらしましょう」

「おおおおおっ、感謝いたします!!」

私も自棄《やけ》になってノリノリである。

「――『光在れ《ひかりあれ》』――」

神聖魔法に必要なのは明確なイメージ。それを実現させる純粋な魔力。

あの〝光の世界〟の知識を持つ精神生命体である〝悪魔〟の私は、それを高い次元で再現することができた。

おそらく私以外では、高位の司祭でも実現は不可能に近い。

肉体を復元する【再生《リジェネーション》】。

肉体に活力を与える【活性《アクティブ》】。

患部を浄化するための【浄化《ピュアフィケイション》】。

肉体を再構築するために、それらを慎重に交互に掛けていく。強すぎてはいけません。弱すぎてもいけません。繊細なイメージと〝異界の知識〟が重要なのです。

そして……

「……おお。おおおおおおおおっ！」

「やった……やったぞ、ゼッシュっ！」

ゼッシュさんの頭皮は薄い藻のような物で覆われ、彼の頭皮の〝輝き〟は失われました。

その結果にゼッシュとルポン子爵は互いに抱き合い、涙を流して喜んでいました。

……鬱陶しい。

「これからは、油物の食事は控え、魚や豆、野菜を中心とした食生活を心掛け、頭皮をブラシなどで軽く叩《たた》くと良いでしょう……」

「ご神託……承りましたっ」

神託じゃねぇよ。

「ありがとうございます、公女殿下っ！　聖女様っ！　これからはこちらのトゥール領にも、我がカーペ商会の商品を出来る限り融通させていただきます！」

「……そうですか。楽しみにしておりますよ」

もう面倒になってきて、公女モードで対応する。

「ああ、まるで生まれ変わった気持ちです！　これでもう、妻や娘に微妙な顔で慰めを受けたり、得意先のお子様に『おじいちゃん』とか言われなくても済むのです！」

「あ、はい」

ゼッシュさんは、お布施と称する沢山の〝口止め料〟を置いて、友人のルポン子爵と肩を組んで帰られました。

こうして聖王国から〝光〟がまた一つ失われた。

そして、私を崇拝する男性のみのこの派閥は、裏側からゆっくりと聖王国を侵食するように広がっていくのです……。

なんじゃそりゃ。


そんなこんなで、自由にやっていたわけですが……はて？　あまり不便を感じませんね。

たぶん、私が何か訴えるまで、大人たちも様子を見てくれているのでしょう。

あの四人と会話をすることがストレスなので、何も頼んでいないのですが、その結果、誰にもお世話をされていない状況になりました。

朝は起こされませんが、勝手に起きて、勝手に顔を洗って。

着替えも用意されていませんが、悪魔ぼでーは汚れないので、着回しして。

お父様やお母様がいらっしゃらないときは、お腹も減らないので、ご飯も抜いて。

汚れはしないけど、埃《ほこり》は付くので、たまにお風呂の残り湯を頭から浴びて。

お茶もお菓子もいらないので、頼むのも止めて。

真夜中まで図書館で好きな本を読みあさる……。

そんな引き籠もり垂涎《すいぜん》の生活を送っていた私ですが、なんか夜中にうるさいなぁ……と寝落ちした図書館で目を覚ましたら、血相を変えた婆やに見つかり、速攻確保されて、目を覚ましたらまたヴィオたちにお世話されることになりました。

なんでも、私が食事をした形跡がなく、洗濯物も出ていないと気づいて、部屋に私もいないのでメイドさん総掛かりで捜索していたそうです。

お母様や婆やにも泣かれてしまいました。

よく考えたら、第三者視点だとえらいこっちゃですね。

＊＊＊

「…………」

クリスティナは本日、仕事の不備で侍女長から叱責を受けた。

それでもまだこの仕事に就いて日が浅いことと、子どもであることから、殊勝な態度で謝罪すれば人の良さそうな年寄りは簡単に許してくれた。

同僚であるバカな双子や、どこかおかしい子どもも、見た目だけはいいので上手く切り抜けているだろう。

「手を抜きすぎた」

困らせてやろうと思ってはいたけれど、まさか他の三人まで、なんの仕事もしていないとは思わなかった。

クリスティナは他の三人と違い、初めからあるご令嬢の侍女となるために教育を受けていた。それが親の問題もあり、その令嬢の環境も変わってしまったことで、別の人間の侍女となることになってしまった。

他の三人とも話す機会があり、全員が似たような理由で、ここで働くことになったと知って、仲間意識を持つまでではないが少なくとも敵ではないと思った。

クリスティナは、仕えることになったあの令嬢……ユールシアが好きじゃない。

悪いのは自分の親であり、大公は身寄りのなくなった自分を保護までしてくれたが、クリスティナは彼女ののほほんとした悩みのない笑顔が嫌いだった。

生まれながらになんでも与えられたお姫様。すべての人に愛される子ども。すべてを無くした自分と、どうしてここまで違うのか。

敬愛すべき本当の主人から、すべてを奪っておいて、あのお姫様はどうしてあんな顔で笑っていられるのか？

クリスティナは、他者に見せれば参加資格を失うという、本当の主人が欲しがっていた招待状を握りしめて、暗い部屋の中で一人呟《つぶや》く。

「ユールシアなんて、大嫌い」

＊＊＊

私は王都への行脚《あんぎゃ》も出来る限りですが続けています。

これさえなければもう少し仕事も捗《はかど》るのに……とは申しません。お祖母様やエレア様とも会えるのは楽しみですし、本日のお茶会はシェリーやベティーとも一緒なのですから！

「ベルティーユ様、シェルリンド様、もう少し気楽に……」

「そうそう。そんなに怖くありませんよ」

「は、はいっ」

「そんなこと言われても……」

ガチガチになった二人に、両側から手を取ったブリちゃんとサラちゃんが、緊張をほぐすように声を掛けています。

どうして二人とも、他の子を相手にしているときは普通の騎士っぽいのでしょう……。

二人が女性騎士にエスコートされて私はどうしているのかと申しますと、私はベティーとシェリーから、がっつりど真ん中で腕を抱えられているのです。

「大丈夫ですよ。お祖母様もエレア様も怖くありませんから」

私は怯える二人に優しく声を掛ける。お母様もいるけど、元からまったく怖くありません。それでも七歳とか八歳の子が王妃様とか、王太子妃様とか、大公妃様とかが勢揃《せいぞろ》いのお茶会に招かれたのだから、気後《きおく》れするのは分かりますが、でもそろそろ腕を放してくれませんかね？

「……え？」

「え⁉」

「え！」

「ええ……」

「…………え？」

ちなみに最後は私です。でもなんで？　君たちなんで驚いているの？　他に何か理由があったりするの？

「姫さま、できればもう少し笑顔を……」

「え……」

ああ……なるほど、私が怖かったのですね。ちくしょー。

「大丈夫よ、ユル！　わたくしたちが守ってあげますわっ！」

「そうです、ユル様！　あんな奴らを近づけたりしません！」

ベティーとシェリーが怯えながらもぎゅっと私の腕を抱え込んでくれました。私が無表情になって怖がっているのは確かだけど、根本がちょっと違うみたいです。

五歳のあの大誕生祭以来、王城へ赴くと挨拶をしてくれる人が増えてきました。

大抵の人はにこやかに、小さな公女様に対する態度で接してくれるのですけど、時々たま～に小一時間くらい引き留めて、ティモテ君やリックのことを褒めまくったり、どっちが良いのかとか聞いてくる人がいるのです。

なんでそんな情報を寄越すの？　私に何をしてほしいの？　なんか核心に触れずにニヤニヤしてすごく気持ち悪かった。そりゃあもう、食事で嫌いな物がメインで出てきたようなものですよ。

貴族的なご挨拶で立ち去ってくれるのなら面倒はなかったのですけど……。

「あ……」

サラちゃんの呟《つぶや》きに三人の表情が強ばった。

向こうから歩いてくるのは……ああ、そうそう、なんとか大臣の……えっと、どこかの貴族の人です。この人はねぇ……五歳のお披露目の時でも一人で時間食いまくって、お祖父様から怒られたのに、それから何度か引き留めてきて、会話を終わらせようとしても粘りやがる人なのです。

「――っ⁉」

「ごきげんよう」

そりゃもう私の表情もなくなるってなもんですよ。私は表情がなくなるといきなり人間味が消えるから、ついでに声からも感情を消してご挨拶すると、こうして自主的に壁に張り付いてかさかさとGの如く立ち去ってくれるようになりました。

「大丈夫ですわ、ユル！　怖くないから！」

「そうです！　わたくしたちがついていますわ！」

「あ、ありがとう」

ベティーとシェリーは怖がりながらも、こうして私を護ろうとしてくれたのです。

どうしましょう？　振りほどけないわ。

お城で会う人はそんな人たちばかりではなく、直接敵意を向けてくる人もいます。

聖王国では基本的に一夫一妻ですが、別に法律でそう決まっているのではなく、宗教国家として国民が自発的にそうしているみたいです。でも、貴族などは跡取りがいないと困るので、第二夫人や第三夫人を迎えている人もいます。

そうなると、王家に側室を送り込みたい貴族家もいるわけで、ところが私という新しく王家の一員となった『姫』がいると、そんな貴族たちが側室を送り込む理由が薄くなります。

そもそも伯父様はエレア様一筋で、王子が二人もいるので側室を迎える気もないのですけど、それを私がいるせいだと思う人がいるのです。

そういう人たちは、大公家と私に敵意を向けてくるのですけど、大丈夫。

私、そういう『人間、大好き』ですから。

でもまぁ、あの美人さんほど食欲をそそられる人がいないのよね。その次がお姉様だから困ったものだわ。

それでも敵意を放っておく事もできないのですけど、そういう人たちには、お屋敷にネズミとか虫とか召喚してあげるとしばらく静かになるのでお勧めです。私も召喚の魔法陣なら、上手に描けるようになってきましたのよ。

何故か三回に二回は海産物が召喚されるのですけど、あれって協力してくれる存在が自発的に来るらしいのに、呪われているのかしら……。

あれが私と〝親和性の高いもの〟だとか、絶対に認めません。


王家の茶会は、いつものカイル宮の庭園で行います。

私が望めば侍従としてブリちゃんやサラちゃんも中には入れるのですけど、下級貴族には敷居が高いらしくてアウト。シェリーやベティーが連れてきた侍女も同じ理由で、残念にも3アウトになった彼女たちは、侍従の控え室へと向かいました。

ここからは王家の侍従にエスコートされて一人ずつ入場します。まずは伯爵令嬢であるシェリーが入り、次に侯爵令嬢のベティーが続いて、最後に公女である私が入場しようとすると――。

「ユールシアっ！」

「リック……兄様？」

あれ？　ここだと『リュドリック様』だっけ？　ん～まぁいいや。リックですし。

私を見つけたのか待ち構えていたのか、早足で近づいてきたリックが私の手を摑《つか》む。

「リック兄様、どうしていつもわたくしの手を摑むの？」

「そ、それはっ……ユールシアがいつもすぐにいなくなるから……」

なんですかそれ？

「別に避けているわけでは……ああ、リック兄様は強引なのですもの」

自覚ありません？　とチラリと私の手を掴んでいる彼の手を見ると、リックは「ぐっ」と呻《うめ》いて手の力を緩めてくれました。……でも、どうして放さない？

「で、でも、ユールシアもいけないのだぞっ」

「……なぜでしょう？」

何を言っているの？　こやつ。本気で意味が分からなくて、彼の目を見ながらゆっくり首を傾げると、リックは何故か怯《ひる》んだように目を逸らす。こら、ちゃんと目を見なさい。

「ユールシアは、以前より城に来なくなったではないか……」

え……そんな理由？　遊び相手をするためだけに二ヵ月に一回来いと？

「季節ごとには出向いていると思いますけど……」

「そうじゃなくてっ、……其方《そなた》、叔父上の手伝いで地方の視察に行ったのだろう？　危なくはなかったのか？」

「そちらの理由ですか。特に問題はありませんでしたわ」

そんなことより横領問題で頭がいっぱいでした。

「最近、聖王国でおかしなことが起こっている……」

「まあっ」

「突然、屋敷にネズミや虫が大量発生したり、海藻のような物に埋め尽くされた例もあるらしい」

「まぁ……」

「それに、また子どもの行方不明事件が起きているらしいのだ」

また？　悪魔召喚事件の時もそうだけど、誘拐事件起きすぎじゃないですか？

「困りましたわ。ベティーやシェリーは大丈夫かしら？」

「……おい」

ドンッ。

私の暢気さが気に障ったのか、リックに手を摑まれたまま近くの壁に押しつけられた。

「り、リック兄様？」

「自分を心配しろ！　其方にまた何かあったら、叔父上やお祖母様たちが……　〝家族〟が心配するだろっ！」

「リック……」

そっかぁ……リックはこんな私でも家族の中に入れてくれたのね。なんとなく優しい目で見てしまうと、彼は突然慌てたようにそっぽを向いた。

「ユールシアは俺の……お、俺の……妹のようなものだからな」

「………」

ツンデレ……かっ！

「あら、遅かったのね、ユル。どうかしたのかしら？」

「いいえ。お祖母様。少々世間話を……」

おっとりとお訊ねになるお祖母様に、私は貴族っぽい微笑《ほほえ》みで誤魔化す。

リックとお話しするのは別にいいのだけど、そうなるとたぶん、息子さんと私をくっつけようと画策するエレア様が、また面倒なことになるような気がします。

「ゆ、ユルぅ……」

この国の女性権力トップ3に囲まれたベティーとシェリーが情けない顔になっていたので、見事に一人分空けてあった二人の隙間に腰掛けると、先ほどのようにまたガッチリと両側から腕を抱え込まれた。

「ユルったら、両手に花ね」

それを見てお母様がクスクスと笑う。私、全然動けないのですけど。

お茶を飲めないほど身動きが取れなくなった私を面白がって、お祖母様やエレア様が私の口までお茶やお菓子を運んでくれました。

いや、そんなハーレムは望んでないのですけど？　ちょっと待って、知らない人が作ったお菓子とかお茶とかいりませんけどぉおお？

そんな感じに、私をネタにして両側二人の緊張もほどよくほぐれたところで、エレア様がおもむろに口を開く。

「ねぇ、三人は、これまでどこの茶会に参加したのかしらぁ？」

このおっとりとした感じ……たぶん、私のお嬢様言葉がゆるいのは、この大人三人の影響だと思うのですよ。

「わたくしは、伯母様のお茶会に参加しましたわっ」

相変わらずベティーは元気です。

「わたくしも伯母様のお茶会と……あとはユル様のお母様のお茶会です」

「そうね。わたくしもお母様と一緒に、シェリーのお母様のお茶会にお呼ばれしましたわ」

私がそう言ってシェリーと顔を合わせて微笑み合う。

「ユル様と二人でお茶会したこともありますわ」

「え⁉　ずるいですわ！　どうしてわたくしも呼んでくださらないの！」

仲間はずれになったと思ったのかベティーが声をあげて立ち上がる。

「それはシェリーがトゥール領まで来てくれたから……」

「う〜〜。それなら招待しますから、王都に来るとき知らせてくださいませ！　シェリーもよ！」

「「は〜い」」

私とシェリーがお返事すると、ベティーは鼻の穴を広げて満足そうに腰を席に戻した。……本当にベティーは美少女なのに色々と残念ね。

「それならねぇ……『月夜の茶会』ってご存じかしらぁ？」

そんな私たちを微笑ましく見ていたエレア様は、一拍置いて再び口を開く。

「月夜の茶会って、確か……」

「わたくしは知っていますわ。お姉様がお友達とお話ししておられましたのっ。内緒のお茶会で、参加者は終わるまで、誰にも話してはいけないのですって！」

　シェリーがその手の話が得意そうなベティーに視線を向けると、魔術学園初等部の二年生であるベティーは噂《うわさ》を良く聞くのか、嬉しそうに教えてくれました。

「それ。どなたか、身近な方で、参加した人をご存じ？」

「はい！　お姉様のお友達の従姉妹の旦那様の妹のご友人が参加して、夢のような、とっても素敵なお茶会だったそうです！」

　それって身近なの？　それはともかく、ベティーもそんな夢のようなお茶会に憧れているのか、うっとりとした表情を浮かべ……反対にエレア様は眉を顰《ひそ》めて溜息を吐く。

「わたくしとしては、あなたたち三人には参加してほしくないなぁ」

「!?」

「そうなのですか？」

　私とシェリーは特に興味もないのでなんとも思いませんが、ベティーはよほど憧れていたのか、思わず腰を浮かせていた。

「な、何故、いけなのですか、エレアノール様っ！」

　エレア様はそんなベティーに優しく微笑み、座るように手振りで示す。

「いけない、というわけではないのよ。けれど、それが本当にオーベル伯爵令嬢からの招待状とは限らないでしょう？」

「……あ」

ベティーも理解したのか、ゆっくりと腰を戻す。

確かにそうです。たとえオーベル家の印があっても、誰にも見せてはいけないのなら、それが本物かどうか鑑定することもできないのですから。

「参加者は、招待状も回収されるから、どんな物か確認もできないのよね……」

その『月夜の茶会』に問題がなくても、模倣した愉快犯でない保証はありませんからねぇ。でもそれはつまり……

「最近の行方不明事件と関わりがありますか？」

リックの話を思い出してそんなことを訊《たず》ねると、大人たちが少し驚いた顔をして、一瞬、王族の顔になったエレア様が優しく笑って私の頭を撫《な》でてくれました。

子どもの私が関わる話ではないけど、公女としては及第点という感じでしょうか？

ベティーとシェリーは気づいていないようですが、まぁ確かに、件《くだん》の伯爵令嬢は胡散臭《うさんくさ》い感じではありますなぁ。

それだけではなんなので、ちょうどいい物を持っていたので懐を探す。

「それでは、エレア様に良い物を差し上げます」

「あら、何かしらぁ？」

私が取り出した物を見て左右の二人も覗き込む。

「本日届いた、『月夜の茶会』の招待状ですよ」

「「「⁉」」」

私の言葉に周りの人たちが目を見開いた。……いえ、シェリーだけは興味を示さず、二個目のケーキに取りかかる。

「……本物？」

「なっ、ななな、何をしていますの、ユル⁉　それは他の方に見せたらいけないのよ！」

慌てるベティーの肩を押さえて、軽く撫でてあげる。

「大丈夫です。参加するつもりもありませんし、これ、三通目なので」

「三通目っ⁉」

一通目は送り返すためにクリスティナに渡しました。

二通目は読まずにそのままゴミ箱に捨てました。

三通目……これは王都のお屋敷のお部屋にありました。軽くホラーですね。

「……さすがはユルねぇ。参加していなくて良かったわぁ」

何が〝さすが〟なのか分かりませんが、なんかその態度は、感心ではなくて呆《あき》れられている気がするのは気のせいでしょうか。

「エレア様のお役に立てて光栄ですわ。燃やさないで正解でした」

「燃やす⁉」

さっきからリアクションがデカいですよ、ベティー。それと興味がないのは分かりましたから、シェリーは四個目のケーキは止めておきなさい。

「ふふ、ユルは面白いわね。それで、その招待状は預からせていただけるの？」

飛びついた。


「ええ、もちろん」

エレア様と私は微笑み合い、私が格好をつけて招待状をテーブルの上で滑らせようと力を入れると、見事にぶきっちょスキルが発動して、テーブルから落ちた招待状にベティーがワンコのように

王都での用事を終わらせ……ついでに例の〝会〟のお仕事も数名終わらせて、お母様と一緒にトゥール領へ帰還すると、何故か異様な迫力を纏《まと》うヴィオに迎えられた。

「どうやらヴィオはユルにご用事があるみたいだからわたくしはお部屋に戻りますね」

「お母様⁉」

何かを察したお母様は、息継ぎもせずにそう言ってフェルやミンと一緒に、優雅な早足でお城のほうへ向かっていきました。

普段はおっとりしているのに、どうしてこんな時だけ退避が早いのですか、お母様⁉

「ユルお嬢様。あの子たちのことなのですが……」

「……どうぞ」

一旦、私のお部屋に移動して、冷静な口調と表情なのに、こめかみの血管をピクピクさせているヴィオに、私は話を促した。

「ユルお嬢様の側近候補として雇ったあの四人ですが、何もしていません。本当に何もしていないのです」

「……オゥ」

思わず私の中のメリケン人が顔を出しそうになりましたが、まず前提として、私があの四人とまともな会話をしなくなってから、もう四ヵ月になります。

私は彼らを何処にも連れていきません。私は彼らにお世話を頼みません。お給料は支払っていますが、私と関わりがないので私の名を使った買い物もできず、お城の重要施設に入ることも許されず、彼らは実質『冷や飯食い』のような状況だったと思います。

「このような状況となれば、使用人の身としては焦るべきで、自分から現状を変えるためになりふり構わず仕事を求めるか、自ら大公家のお勤めを辞して、他の奉公先を探すのが一般的かと思われますが……」

「……どうしているの？」

「毎日……毎日毎日毎日、ぐうたら食べてぐうたら寝て、鍛錬もせず、仕事もせず、数週間前より本当に何もしなくなりました。それどころか……」

「まだありますの⁉」

私の叫びにヴィオは皮肉げな顔でフッと笑う。

「給金の他にも部屋と食事だけは与えておりましたが、何もしない者にユルお嬢様の側仕えである〝準等〟の食事を出すことはできません。彼らには私の権限で、それ相応の……初年仕えの使用人と同じ食事を出しておりました」

準等って、私やお母様が食べる食事の１ランク下だよね？　爺やとか婆やと同じ、使用人の最高ランクの食事だよね？

「初年仕えと同じ食事といっても、大公家の賄いなので、市井《しせい》の食事よりもよほど良い物だと自負しております。ですが彼らは、それを良しとせず、給仕長及び料理長へ直談判を行い、それが認められないとなると、街へ食事に向かうようになりました」

……直談判？　なにその行動力。

ある意味すごいな、あいつら。まぁ、給金は止めていないから、外に食事に行くのも自由なんだけどさ……。でも、あれ？

「もしかして、〝毎日〟……ですか？」

「ええ、毎日です。そして懸念通り、一般の食堂ではなく高級料理店ばかり……。ユルお嬢様、こちらの品に見覚えはございませんか？」

「……え」

ヴィオが差し出した箱の中に入っていたのは、見覚えのあるブランド物の片手剣。金や銀の懐中時計が数点。お父様の書斎や図書館の奥にあった百科事典が一揃え。私のパーティー用のアクセサリーが幾つか……。

「どうしてこれが？」

「これらの品は、街の買い取り商より連絡があり、あの四人が売りに来た品を、私の独断で買い戻した物です」

ヴィオはじっとしていると怒りが抑えられないのか、テキパキ動いて私のためにお茶を淹れてくれました。ああ……なんか、めっちゃ味がするわ。

しかし……ついにやっちまったなぁ、あいつら。

あの双子は確実に〝クロ〟です。クリスティナは黒寄りの〝グレー〟で、ファンティーヌはまだ証拠が揃っていない感じですが……ヴィオの表情が暗いのに気づく。

「ヴィオ？　どうしましたの？」

「ユルお嬢様……。ファンティーヌですが、彼女が遊び場に使っていたと思われる物置の奥から、このような物が見つかりました」

「なにが……」

ヴィオの痛ましげな瞳に、彼女が差し出した箱を恐る恐る覗き込むと……

「……っ！」

見覚えのある物の数々……。

傷だらけになった私の靴。擦り切れて泥だらけのドレス。小さな頃から何度も読み込んだ絵本は破かれて、クレヨンで字が読めないほど荒らされていました。

悪意が見えない。つまりこれは、すべて〝遊び〟で行われたこと。

そして……。

三歳のお誕生日にお母様からいただいた銀の櫛《くし》は、何本か歯が欠けて折れ曲がり……。

同じ日にお父様からいただいて、大切にして毎日抱いて眠り、布地が弱くなった後はクローゼットの奥に大事に仕舞っていたウサギのヌイグルミは、布地が引き裂かれ、無残に手足がもがれていた。

「……どうして？」

私は震える手で、そっと銀の櫛とヌイグルミを抱き上げ、強く抱きしめる。

「……こんなことするの？」

私の瞳から、ほろりと熱いものが零《こぼ》れる。

分からない。理解ができない。これまでみんなと過ごした思い出が頭の中でぐるぐると駆け巡って、気づくと目から零れた熱いものが、壊れたヌイグルミに染み込んでいった。

どうして……？　私、人間じゃないのに……。

涙が出るの……？

「────ッ!!」

私が涙を見せたその瞬間、ヴィオの魔力が大渦のように波立ち、燃えあがるように膨れ上がるのを感じた。

「お嬢様……少々……お待ちください。……ゴミを始末してまいります……」

「ひぅ⁉」

いつもと同じ表情なのに、ゾッとするような昏《くら》い瞳で出ていこうとするヴィオを、私は慌てて侍女服を掴んで引き留める。

「だ、だめっ」

「……何故でございますか？　生きている価値もありませんよ……？」

「ヴィオは、そんなことをしてはダメなのっ」

「……お嬢様」

あの四人ではなくヴィオを想った私の声に、彼女は私を抱きしめて涙が止まるまで頭を撫でてくれた……。


「私はリア様……ユルお嬢様のお母様に、ずっと助けていただきました」

ヴィオは私を抱きしめながら、ぽつりと昔話をしてくれる。

「平民である私を可愛がっていただき、実家の商家が傾きかけたときにはご尽力くださり、光属性を得たことで怪しげな宗派に目をつけられたときには、全力で守ってくださいました」

だから、ヴィオは大恩あるお母様のためなら、すべてを懸けるつもりでいる。

「私が学園を卒業する頃、リア様はユルお嬢様を身籠もられていらして、私はご恩に報いるために侍女となることを決めました」

ヴィオは私の目を見て優しく語りかける。

「リア様は私の宝です。そして、ユルお嬢様は、リア様の……あの家に住んでいた皆の宝で、今はこの城に住む皆の宝です。旦那様もリア様も、私どもは全員、ユルお嬢様を愛しております。それを決して忘れないでください」

「うん」

最後にぎゅっと抱きつくと、ヴィオも同じ力で抱き返してくれました。

ああ……恥ずかしい。でもすっきりしました。

今、私の中には『人の想い』がいっぱい溢れています。

これが〝人を知る〟という事なのかしら……。

そうなのでしょ？　遥《はる》か遠くにいる、自称〝お兄様〟――。

その時――遥か彼方から、私の知らない『異界の知識』が流れ込んでくる。

……そうね。

〝私〟の好きにしていいのよね。

私は、人の想いに溢れている自分をあえて切り替える。

人間の心から、残酷な悪魔へと切り替える。

悪魔としても、人としても半端な私だけど……。

だからこそ、私は、〝悪魔公女〟として生まれた、本当の〝私〟になる。

私は何にも縛られない、〝自由〟な悪魔なのだから。


「ヴィオ」

「はい」

立ち上がり彼女の名を呼ぶと、ヴィオは初めて〝ユールシア〟の前に跪《ひざまず》く。

ヴィオはずっと、私を『お嬢様』と呼んでいました。それは彼女の忠誠が常にお母様に向いていたからで、今初めて、彼女は私個人に跪いてみせた。

「あれらがしでかした事について、他に知っている者はいますか？」

「いいえ。私が単独で調べ、フェルやミンにも手伝ってもらいましたが、全容を知るのは私だけです。時間が掛かりましたことをお詫《わ》びいたします」

「構いません。では、此度のことは内密にしなさい」

「それは……」

ヴィオは自分の感情と私の言葉を秤《はかり》に掛け、冷静に問題点を指摘する。

「それは難しいかと。あれらの放蕩《ほうとう》ぶりは他の者も見ております。それに今回買い戻した品の金額は、隠蔽できる額を超えております」

「金銭なら、王都のカーペ商会に私個人の資産を預けてあります。このトゥール領にも支店が出来ましたので、わたくしの名を使って自由にしなさい」

「……はい」

カーペ商会のゼッシュから沢山の貢ぎ物が届いたので、ヴィオも理解したのでしょう。

「お父様とお母様が心穏やかにすごせるよう、くれぐれも内密に」

「かしこまりました。ユールシア様」

ヴィオが恭しく頭を下げる。

普通は六歳児がこんなことを言い出せば疑ってもいいと思うのですけど、私の雰囲気が変わったことで察してくれたみたいね。

さて、あいつらのことをどうしようか、考えていたのですけど、ちょうど良い物がお部屋に届いていました。

小さな宝石箱。その中には様々な宝石と一緒に、四通目の招待状が忍ばせてありました。

私の心を荒らし、庭を荒らす害虫たちよ。

さあ、悪魔の宴を始めましょう。

＊＊＊

「ふふ……あはは、ついにやりましたわ」

その少女は、喜びを抑えきれないように目の前にある〝招待状〟を手に取った。

それは聖王国の少女たちが待ち焦がれる『月夜の茶会』の招待状……。でもそれは、彼女のところへ届いたものではなく、少女たちに届けられた招待状と〝対〟になる物だった。

月光のように輝く銀の髪。

陽の光を厭《いと》うような白い肌。

深い夜空を思わせる、紫がかった銀の瞳。

年の頃はまだ十歳を越えたばかりにも拘《かかわ》らず、愉悦に満ちた笑みを浮かべるその少女は、人とは思えないほどの蠱惑的《こわくてき》な美貌を備えていた。

ミレーヌ・ラ・オーベル伯爵令嬢。

その存在を知る者は、彼女を『白銀の姫』と呼んでいた。

「長かったわ……」

ミレーヌは手の中の招待状をテーブルに戻すと、その横に置かれていた三つの器に目を向ける。

その中には三つの招待状だった物があり、そのすべてが燃え尽きて灰となっていた。

貴族の少女たちに送られるのは、『薄紫色の招待状』で、その招待状には対となる『薄紅色の招待状』があり、片方が開封されて、受取人以外の魔力に触れた場合、仕込んである透明の魔法陣が反応して、もう片方を燃やす仕組みになっている。

彼女へ送った招待状はすべて、送ったその日に灰となった。その光景を見て驚いてしまった自分にミレーヌは怒りを覚える。

本来なら招待状を送るのは一度だけ。それは『月夜の茶会』の誓約を守れないような人物を招くことは危険を伴うからだ。

慎重に……以前のような失態を二度と演じないためにも、それは必要なことだった。

けれど、あの〝少女〟だけは例外だ。

聖王国の王家に連なる高貴な血を持ち、聖女と呼ばれるほど徳が高く、『黄金の姫』と称されるその天使の如き美しさは特別な存在に思えた。

これまで百人以上の貴族令嬢を茶会に招き、その中でも古き血を持つ十数名の令嬢をこの屋敷に留め置いた。それでもミレーヌたちの目的を達するには足りなかった。おそらくは貴族の血が持つ〝格〟が足りていないのだ。

だが、あの『黄金の姫』は違う。あの娘一人で、古き血を持つ貴族令嬢数百人分の力が得られるだろうと、一目見て分かった。

それはある意味、一目惚れに近い執着だったかもしれない。

でもミレーヌはそれに気づくことなく、あらゆる手段を使って『黄金の姫』を手に入れようと策を弄した。

貴族といえども子どもでは手に入らない、傷のない宝石の数々を送り、一人では不安なのかと考え、特例で従者の参加も認めた。

おそらくはそろそろ不審に思う者も出始める頃だ。だが、オーベル家を疑うような証拠は存在せず、仮に疑っても茶会を偽装した誘拐犯のほうが現実的で、オーベル伯爵を王都に呼び出すような事態にはなっていないが、楽観的な伯爵や夫人と違い、ミレーヌは潮時だと考える。

そして……

「賭けはわたくしの勝ちよ」

ついにユールシア本人から直接参加するとの返事が届いた。

ユールシア一人を確保できれば、あとは誰もいらない。彼女だけですべてが事足りる。

「ふふ……明日が楽しみね」

ミレーヌたちはタリテルドの隣国である武装国家テルテッドから流れてきた。そこでテルテッドの騎士団と戦闘になり一人の仲間を失った。

テルテッドもそうだが、自分たちを嵌《は》めた魔族にも報復する。かつてテルテッドの裏で暗躍していた魔族と敵対することになり、密告をされたのだ。

ミレーヌがユールシアを独り占めにして力を増せば、自分一人でもそれを成せるのだ。
ひっそりと静かに……聖王国は災厄の日を迎えようとしていた。

第六話　月夜の茶会

「……何かご用でしょうか？」

完全に陽が落ちた夜、私はあの四人を通用門の一つに呼び出した。

私は供もつけずに一人きり。たぶんヴィオ辺りを連れてきたら来なかったと思うので。そのせいで四人からは私を侮《あなど》るような気配も感じられた。

まぁ、今更殊勝になられても加減をするつもりはありませんが。

「これから『茶会』に向かうので、あなたたちも同行しなさい」

私が公女モードでそう命じると、皆が一様に反応を見せる。

ノワールは訝《いぶか》しげな目で私を見つめ、ニネットは面倒くさそうな顔を隠しもせずに欠伸《あくび》をして、ファンティーヌはこちらを無視して楽しげに足下の蟻《あり》を潰し、クリスティナは無表情を保ちながらも、『茶会』という単語を聞いてわずかに目を見開いた。

まずは侍女見習いの彼女かしら……。

「これから向かうのは『月夜の茶会』ですわ」

「なっ⁉　何を馬鹿なことを……あの招待状はもうありません。それに招待のことを他の人に話したらもう二度と……」

「問題ありません。ミレーヌ様は、わたくしなら四人までなら従者も連れてきてよい、と妥協をしてくださいましたわ」

そう言いながら四通目の招待状を見せると、それを奪うように読んだクリスティナは、私に悔しげな目を向ける。あら、良い目ですこと。

「お嬢様……僕たち忙しいのですよ。そんな簡単には、なあ？　ニネット」

「え？　あ、うん」

ノワールも『月夜の茶会』と聞いて少しだけ興味を持ったようですが、身の程知らずに何か譲歩を引き出そうとしているようですね。ニネットは兄に追従しているだけですが。

「ニネット。護衛をするのなら、剣が必要でしょ？　これは必要ありませんか？」

「え⁉」

売ってしまっても、本人は手放したくなかったのでしょう。買い戻した魔力剣を見せると驚きながらも目を輝かせた。

「お、おい、ニネット！」

「ノワールはこちらよ」

「⁉」

同じく買い戻した金の懐中時計を見せると、ノワールが愕然とした顔をする。

「賢いあなたなら、この意味はお分かりになりますでしょ？」

「………」

横領の証拠を突きつけられたノワールは、突然へつらうような笑みを浮かべて懐中時計を受け取ってくれました。

大公家で盗みを働けば子どもでも罪に問われる。それを渡したことで、私にへつらえば許してもらえると思っているのかしら？　悪知恵は働くようだけど、どうしようもなく……小物ね。

「ファンティーヌは何か欲しい物はあるかしら？」

「う～ん？　お菓子出る～？」

「もちろん。お菓子もお茶もとても美味しいらしいわ。沢山いただきなさい」

「わかったー」

ファンティーヌはこんなものでしょ。彼女には悪意どころか心もないのだから。

「迎えの馬車が来ましたわ」

微かに漂う薔薇の香り……。その香りに通用門の門番が立ったまま眠りに就くと、音もなくお伽《とぎ》噺《ばなし》のような可愛らしい馬車が二台到着して、中から現れた執事と侍女が恭しく頭を下げる。

「あなたたちは、そちらの馬車に乗りなさい」

美麗な執事に見蕩《みと》れていた四人に声を掛けて、もう一台の馬車に向かい、こちらでも私に硬直している侍女に声を掛けた。

「エスコートしてくださる？」

「は、はい」

手が冷たい。そしてちょっぴり……獣臭い。

あの四人は今、どんな顔をしているのかしら？　不安？　喜び？　本当にどうでもいいわ。私があの四人を辞めさせなかったのは、お父様の顔を立てただけ。

だから最後のチャンスをあげる。

悔いて、反省して、嘆いて、絶望して、這《は》いつくばってお父様に忠誠を誓い、靴の裏を舐《な》めて懺《ざん》悔《げ》しながら、死ぬまで後悔をしなさい。

それが出来なかったら……分かるでしょ？

乗り込んだ馬車はほとんど揺れませんでした。そして、オーベル家の侍女は私の顔を見つめたまま、なんの役にも立ちませんでした。

外は見えないけど……たぶん、普通の馬車の数倍の速度は出ているわね。空でも飛んでいるのかしら？　だって、一回も曲がっていませんもの。こんなの人間には作れないわ。

馬車はなんのイベントもなく到着して……。

「公女殿下。ようこそ、いらっしゃいました」

お人形のように綺麗な執事と侍女をずらりと並べ、その中央を深い夜空色のドレスを着た十一歳の女の子が出迎えてくれました。

人の心をふわりと蕩《とろ》かすような魅惑的な微笑《ほほえ》み。その宝石のような瞳に見つめられた四人が呆然と立ち尽くす。

私はその場で立ち止まり、薄い笑みを浮かべたまま彼女を見る。

挨拶は下の者からですよ？

「……わたくしは、オーベル家長女、ミレーヌと申します」

「ユールシアよ。案内してくださる？」

「……こちらに」

一瞬漂う、不満げな気配をかき消すように微笑み、ミレーヌは私を庭園に案内してくれた。

さぁ、始めましょう？

バケモノ同士の化かし合いを。

＊＊＊

ミレーヌは、ついに念願の『黄金の姫』を招き入れることができた。

でも、何かがおかしい。

ユールシアは幼いながらも噂《うわさ》以上の美しさで、馬車から姿を見せたその時から、ミレーヌやカミラを見慣れているはずの眷属《けんぞく》たちから動揺する気配が伝わってきた。

それを叱咤するはずのミレーヌでさえも、彼女の人とは思えないほどの美貌に息を呑む。

そんな自分に苛つき、開幕に【魅了《チャーム》】を使ってしまったが、四人の子どもは呆《ほう》けても数秒で解けてしまい、ユールシアは魅了に掛かるどころか、ミレーヌに圧をかけてきた。

（まさか、この私より、ユールシアの魅力が勝っているとでもいうの⁉）

一瞬、激昂《げきこう》しそうになったミレーヌは冷静に考えを改める。

（いえ、さすがは『聖女』というところかしら。普段から対抗魔法を使っているのかもしれないわ……）

吸血鬼の【魅了】は能力ではなく、吸血鬼独自の暗黒魔法だ。それ故に対抗魔法で抵抗されれば対象は正気を取り戻す。

ミレーヌは落としどころをそう決める。自分が魅力でこんな幼子に劣るなど認めることはできなかった。

聖王国の姫という極上の贄《にえ》を検分するために、オーベル伯爵とカミラも暗闇からこちらを窺《うかが》っているのにも気づいている。今まで虜《とりこ》にした貴族令嬢もすぐに処分したわけではない。贄としての効果を高めるには贄となる少女の強い感情が必要であり、古き存在であるオーベル伯爵はその方法を知っていた。

だが、その検分をするはずの仲間たちでさえ、ユールシアの美貌に見蕩れていることも感じられ、それがミレーヌをさらに苛立たせた。

「ミレーヌ様……他の参加者の方はどちらに？」

仲間たちに向けていた意識を引き戻され、ミレーヌはとっさに柔らかな笑みを浮かべる。

「せっかくユールシア様に来ていただいたのですもの、今宵《こよい》は、他の方にはご遠慮いただきましたのよ」

極上の贄を前に、並以下の贄など食前酒にもならない。

そういう意味ではあの四人の従者もそうだ。ある程度見目はよくても、主菜を彩る付け合わせにしかならないだろう。

今までは行方不明を誤魔化すためにも質の悪い贄は帰していたが、今回は労《ねぎら》いも兼ねて、侍女や執事たちに下げ渡してもよいかもしれない。

あの四人はただの子どもだ。ユールシアが規格外のため警戒はしたが、今はもう主人であるユールシアを放って、美麗な執事や侍女と豪華な菓子の歓待を受けた子どもたちは、蕩けるような表情を浮かべていた。

その様子を見てミレーヌも心の澱《おり》が落ちるような気分になった。

冷静になれば当たり前のことだと分かる。ただの人間が自分たちの姿と瞳を見て平常でいられるはずがない。その中でも『貴族級』であるミレーヌたち三人は、正に格が違うのだ。

「――っ」

だがその瞬間ミレーヌは、自分を直視する視線に気づく。

突然に背に汗が湧き出すような異様な感覚に振り返れば、正に〝お人形〟のような感情のない微笑みを浮かべたユールシアが、ミレーヌを静かに見つめていた。

「……いかがなさいましたか？」

「いいえ。わたくしの従者たちを気に掛けてくださるのは嬉しいわ。けれどね……」

静かに語り始めたユールシアが一旦言葉を切ると、その瞬間に〝圧〟が増した気がした。

「ミレーヌ様には、〝わたくし〟……だけを気に掛けてほしいのだけど、それは『白銀の姫』に対して我《わ》が儘《まま》だったかしら？」

「それは……申し訳ございません……」

優雅に微笑むユールシアに自然と頭を下げたミレーヌは、そんな自分に驚愕する。

これまで貴族として人間に頭を下げることはあっても、それはあくまで演技であり、所詮は貴族ごっこであると内心では嘲笑っていた。

それが何故か、招待した側と客で、相手が大公家の公女であったとしても、ユールシアの言葉を聞いたミレーヌは当然のように自分を彼女の下に置いていた。

その事実に気づいたミレーヌは下を向きながら牙を剝《む》くように歯嚙《はが》みする。

（このっ、人間ふぜいがっ!!）

ミレーヌもユールシアの噂は聞いていた。

聖王国の顔である『姫』であり、大公家のただ一人の公女。公の場に出ることは少なく、物静かでおっとりとした彼女を最初は侮《あなど》るような者もいたが、まだ幼い身でありながら各地へ赴き、苦しんでいる者を救い、特に一部の貴族男性からは女神の如く崇められている、真の聖女。

だが、その清らかな評価と、目の前のユールシアとは違和感を覚える。

「――――っ！」

また思考の海に囚われていたミレーヌは、目の前のユールシアがつまらなそうに石のような物で爪を磨いているのを見て慌てて動き出す。

「あなたたち、ユールシア様のお茶が冷めているわ。早くお取り替えして」

　普段はこんな指示を出したこともない。参加者たちは皆、夢見心地で陶然としており、侍女や執事たちは言われずとも茶や菓子に気を配っていた。

　だが彼らは、まだ幼いユールシアの一挙一動を目で追い、その美しさに魂を抜かれたように見蕩れていた。

（まずいわ……）

　眷属となってまだ日が浅い者が、彼女の魅力に抗うことができずに〝人〟の姿を保つことが難しくなっている。なんとか取り繕おうとミレーヌが立ち上がろうとしたとき、それを止めるようにユールシアの声が流れた。

「お茶はもう結構よ。お茶ばかり飲んでも……ねぇ？」

「――っ」

　なんだ、これは？　あまりの噂との違いにミレーヌが困惑する。彼女の態度は、とても貴族社会で茶会に呼ばれた者がする言動ではない。

「馬車で揺られて、侍女は接待もせず、辿《たど》り着《つ》いても放置をされるなんて……わたくし、ここまで何をしに来たのでしょう？」

「……も、申し訳ございません」

　とりあえず形だけでも謝罪する。ミレーヌの我慢も限界に近づいていた。

　計画ではユールシアを捕らえ、精神をへし折ってから少しずつ貪ろうと決めていたが、ミレーヌをあえて煽《あお》るような態度に、超越者としての誇りがこれ以上この小娘に頭を下げ続けることを許さなかった。

怒りに我を忘れそうになったその瞬間、コロン……と下を向いたミレーヌの視界に何か小さな物が転がってくる。

「その〝爪研ぎ〟、使いにくいのでお返ししますわ」

「――――⁉」

それは大人の指先ほどもある大粒のルビーであった。

ミレーヌがユールシアのご機嫌を伺うために贈った宝石の一つであり、小さな屋敷さえ買える額のそれらを、ユールシアは驚愕に顔を上げたミレーヌの前で、パラパラと床に落とした。

あまりの怒りでミレーヌは目眩《めまい》さえした。

（こいつは、なんなのっ⁉）

ユールシアがここまでの挑発を繰り返すのは、おそらくは誘拐事件のことを知り、この月夜の茶会に何かあると考えたのだろう。だから煽るような態度を用いて、何かを炙《あぶ》り出《だ》そうとしている。

そう考えれば納得もいく。それと同時にユールシアの甘さに気づいた。

彼女は聖女らしい清らかな心で、この事件を憂いて行動に起こしたのだろう。だが聡明に見えてもまだ子どもだ。その場に乗り込もうとしながら連れてきたのは護衛騎士団ではなく、ただの子どもでしかない従者たちなのだから。

（もういいっ、ここで殺す！）

ユールシアは調子に乗りすぎた。悪を炙り出そうとした結果、その報復として彼女は、最も恐ろしい残酷な死を迎えることになるだろう。

だが――。

「数年前に起きた、隣国テルテッドの〝吸血鬼騒動〟はご存じ？」

突然発せられたユールシアの言葉に、ミレーヌだけでなく、闇の中でこちらを窺っていたオーベル伯爵やカミラの表情が強《こわ》ばる。

「……ユールシア様？　何を仰っているのでしょう……？」

完全に人間味が消えたミレーヌの声音に、夢見心地でいた四人の従者が突如夢から覚めたように震え出す。

緩やかに流れていた音楽も止まり、楽員も執事も侍女も皆、無表情で彼女を見つめる中で、ユールシアだけが穏やかな笑みを浮かべていた。

「ただの独り言ですわ。吸血鬼は何体かいたようですが、最終的には人間に負けて、一人を見捨てて逃げたそうよ。情けないこと……」

その独り言に、侍女や執事が獣のように顔を歪め、激しい怒りが全体に広がっていく。

特にミレーヌの怒りは凄まじく、あまりの怒りが怨念とまで化して、溢《あふ》れ出《で》る瘴気《しょうき》が鮮やかな芝生と薔薇を一瞬で腐らせた。

「何を……仰りたいの？」

怒りに震えるミレーヌの声に、ユールシアは周囲の異変にさえ笑みを崩さず、取り出した招待状を腐った芝生に投げ捨てる。

「薔薇の香気では、〝獣臭さ〟は隠せなくてよ？」

次の瞬間――

ギリギリ人間の姿を保っていた執事や侍女たちが一斉に牙を剝き、ガチガチと牙を鳴らす。それだけではなくまだ人間味のあった楽員たちが、瞬く間に毛に覆われて直立した獣と化した。

「ひぃっ」

いきなり人外の化け物に囲まれた四人の従者たちは、ようやく自分たちが置かれている現状を知り、互いを盾にするように抱き合いながら涙を流した。

この悪意渦巻く人外の館で彼ら四人が気を失わず、まだ正気を保っていられたのは、彼らの主人であるユールシアがまったく怯えていない――ただそれだけが理由だった。

あの聖女と名高いユールシアなら自分たちを見捨てはしない。少なくとも自分が逃げる時間を稼いでくれると、身勝手にも〝主人〟を信じていたのだ。

そんなユールシアの余裕にミレーヌが牙を剝き出して笑う。

「気づいていながら来るなんて……あなたが名ばかりの聖女でなくて嬉しいわ」

「自分で名乗ったことはないのですよ？　大層な名前で困っていますの……わたくし、平穏に生きたいのですけど」

この状況でもおっとりと頬に手を当てて溜息を吐くユールシアの前に、二つの気配が闇から姿を現した。

「君がその血をくれたら〝楽〟にはなれるぞ。お嬢さん」

灰色の髪をした壮年の吸血鬼。『伯爵級』オーベル伯爵。

「聖女さまは随分と余裕なのね。まさかまだ、逃げおおせると思っているのかしらぁ？」

黒髪の美女吸血鬼。『子爵級』カミラ夫人。

「その笑みを消し去り、泣き叫ぶまで後悔させてあげるわ」

銀髪の吸血鬼令嬢。『男爵級』ミレーヌ。

吸血鬼の〝格〟は年月で変わり、年を経た吸血鬼ほど力を増す。

オーベル伯爵は四百年を経た吸血鬼であり、『貴族級』であるその強さは、国家が滅びる可能性がある《天災級》の下位に位置していた。

同じ『貴族級』でも二百年を経た子爵級カミラと、百年を経た男爵級ミレーヌは、街が滅びる可能性がある《災害級》の上位となるが、この三人が揃ったときの脅威は、天変地異を起こす大精霊以上となるだろう。

「…………」

だがミレーヌだけは、いまだに怯えさえ見せないユールシアに違和感を消せずにいた。

この奇妙な感覚は何か？　例えれば、ボタンを掛け違えたことにまだ気づけないような、左右で別の靴を履いて外出したような……奇妙な違和感。

それは〝いつ〟からか？　彼女がここに現れてからか？　彼女に招待状を送ってからか？　それとも……彼女がいる国へ来てしまったからか。

（馬鹿な……あり得ない）

この国に来ることは、テルテッドにいる頃から計画にあった。

この聖王国タリテルドは、聖女や勇者が生まれる聖なる地であり、国民は信心深く、魔物や悪しき者にとって鬼門といえる場所だ。

だがミレーヌたちは、だからこそここを選んだ。数多の宗派が集まる聖王国。しかもその貴族の中に恐ろしい化け物が入り込んでいるとは誰も思わないだろう。

慎重にゆっくりと、静かにこの聖王国を侵食し、場所を変え、立場を変え、姿を変えてその血を食らい尽くす。

そんなミレーヌたちに勝てる者などいるはずがない。たとえ本当にユールシアが『聖女』だとしても、その対となる『勇者』がいなければ戦いなどできないのだ。

それほどまでにミレーヌは、強さだけなら仲間の二人を信用していた。

それと同時に反吐が出るほど失望もしていた。

テルテッドの騎士団に襲撃を受けたとき、全員で戦っていたら、一人を犠牲にする必要もなかったかもしれない。

それ故にミレーヌは真っ先に逃げ出した二人……オーベル伯爵とカミラに、心のわだかまりを抱いている。

そんな化け物どもの巣窟で——。

「では、追いかけっこをいたしましょう」

ユールシアのそんな明るい声が響く。

まるで楽しいことを思いついた子どものように手を叩《たた》いて笑うユールシアの言葉が、先ほどカミラが言い放った『逃げおおせる』に答えたのだと気づいて、当のカミラが絶句していた。

「さて、ノワール、ニネット、ファンティーヌ、クリスティナ……」

名前を呼ばれるごとに肩を震わせた三人と、最後に顔を上げて睨むクリスティナに、ユールシアは優しげな笑みを向ける。

「あなたたちも頑張ってお逃げなさい。この人たちから逃げ切れたら、わたくしも『許して』さしあげますわ」

明るく残酷な言葉を告げて、ユールシアは緩やかに背伸びをするように両手を広げた。

「——『光在《ひかりあ》れ』——」

あまりにも緊張感のない自然な行動に、誰も動くことができなかった。

その瞬間、眩い光ではなく、ユールシアを中心に『黒い光』が拡がり、周囲を吸血鬼でさえ見通せぬ真の闇で染め上げた。

神聖魔法かと身構えていた吸血鬼たちが、黒インクをぶちまけたような闇の中で混乱する中、楽しげなユールシアの声が木霊《こだま》する。

「ふふ。わたくしをつかまえてごらんなさぁい」

第七話　闇にまみれた子どもたち

周囲が何も見えない〝黒〟に覆われたそのとき、小さな手がファンティーヌを誘《いざな》い、あの恐ろしい場所から連れ出してくれた。

「……く、クリスちゃん……？」

自分の手を引いてくれたのはクリスティナかと考えたが、誰もファンティーヌの呼びかけに応えてはくれなかった。

ファンティーヌがいた場所は、虫さえ鳴かない暗い森。あまりの暗さに周囲を見渡すと木々の合間に先ほどの屋敷と薔薇の庭園が見えた。

「もぉ、なんでぇ？」

恐怖の対象がなければ怯えも長く続かないのか、ファンティーヌは助けてくれた人が、自分をこんな半端な場所に放置したことへ不満を口にする。

どうしてこんな危険な場所に、まだ子どもである自分を放置したのか意味が分からない。助けてくれたことは素直に嬉しいが、助けたのなら責任を持って保護をするべきだ、とファンティーヌは考える。

吸血鬼は怖い。獣になる化け物も怖い。でも今いるこの森も暗いから怖い。怖いのは嫌だから逃げたい。あのお嬢様も『逃げ切れ』と言った。逃げ切れたら許してやると言っていた。でも……

「なんで、許してもらうの？」

ファンティーヌはユールシアの言っていたことが理解できなかった。

大人の言っていることが理解できなかった。

ファンティーヌは貴族の生まれだが、他人が自分に求めることを理解することができなかった。

でもそれは、ファンティーヌにとって当たり前のことだった。

彼女にとって世界とはすべて自分の物であり、譲歩するものではなかったのだ。

ファンティーヌは生まれつき他人との境界が曖昧で、すべてが自分の物だから物に執着もなく、他人の物を奪うことも気にしなかった。

他人の物がどれだけ大事な物か、その人にとってどれほど大切なのか理解ができず、小動物の命さえ奪うことに躊躇《ちゅうちょ》はなかった。

この世のことはすべてファンティーヌの遊びだった。でも、そんなファンティーヌでも死ぬのは嫌だった。

死ぬことは自分の物がなくなること。飢えるのも、苦しいのも、痛いのも嫌だ。だからファンティーヌにとって死ぬことだけが、何よりも怖かった。

すべてが自分の物であるファンティーヌにとって、自分の一番大事な自分の命は、世界で一番大切な物だったのだ。

子どもは護られるのが当然で、護ってくれなくなった親はもういらない。

お金もオモチャもくれた大公家も、護ってくれなくなったからもういらない。

ご飯を食べる手段を教えてくれた双子や、お金を稼ぐ手段を教えてくれたクリスティナも、護ってくれないならもういらない。

吸血鬼に襲われたときは怖かった。大切でない命しか持たない他の三人が、自分の命を護れる力がないと分かったからだ。

でも、今は怖くない。次に護ってくれる人を見つけたから。

「お嬢様が、私を護ってくれるもん」

あのお嬢様がいる。あの恐ろしい化け物を相手にすら笑っていたユールシアがいる。

彼女はファンティーヌの主人なのだから、世界で一番大事なファンティーヌの命を護るのは当たり前のことなのだ。

そんな結論に至ったファンティーヌは、森から逃げるのでも森に隠れるのでもなく、なんの疑問もなくユールシアがいるはずの屋敷のほうへ歩き出した。

「ふん、ふん♪」

大胆にも開いたままの門を潜り、ちょっと怖いので黒い塊のほうへは近づかずに屋敷のほうへ向かうと、まだ出されていないワゴンの料理を見つけて、手づかみで食べ出した。

あまりにも大胆なせいで、吸血鬼にも半獣人《ライカンスロープ》にも会わずに済んだ。

よく考えてみれば当たり前のことだった。世界で一番大切なファンティーヌの命なのだから、あの吸血鬼たちも大切にしてくれるに違いない。

怖がったことさえ間違いだったと、焼き菓子を齧《かじ》りながら中庭を歩いていると、何かが自分の後をついてきているのに気づいた。

「なぁに？」

振り返って呼びかける。それに返ってきたのは犬のような息づかい。

人ではない〝それ〟が暗闇の中から現れると、冷気と共に吹きつける〝殺意〟にファンティーヌは息を呑み、引《ひ》き攣《つ》った悲鳴をあげた。

冷気を吐く黒犬……吸血鬼の使い魔、デスハウンド――。

「ひぃやぁぁあぁあっ⁉」

恐怖に歪《ゆが》んだ顔でファンティーヌが転がるように逃げ出した。

二体……三体……次々と暗闇の中からデスハウンドが現れ、冷気で動きが鈍くなった獲物をいたぶるように弄び始めた。

「なんで⁉　なんでっ！」

どうして犬が自分を襲うのか、ファンティーヌは理解できない。

どうして誰も自分を助けに来ないのか、ファンティーヌには理解できない。

どうして世界で一番大切な命が自分から奪われようとしているのか、ファンティーヌは理解でき

なかった。

その絶望に満ちた恐怖の中で、ファンティーヌは主人である少女に向けて、暗闇の中で叫びをあげた。

「たぁすけろぉお――――っ!!」

その叫びに応える者はなく、くぐもった悲鳴が何度か続き、何かを引き裂くような音だけが、ただ夜の闇に流れていった。

＊＊＊

「信じらんない、信じらんない、信じらんない――――」

ニネットは屋敷の裏門に近い塀の陰でしゃがみ込み、抜き身の剣を構えながらガチガチと歯を鳴らして震えていた。

剣の柄《つか》を指先が白くなるまで握りしめ、ニネットはブツブツと呪うように呟《つぶや》き続ける。

「信じらんない」

ただのお茶会のはずだった。眠かったけど、剣を返してくれるから参加しただけだった。

信じられない。あのような化け物がいることも、化け物が貴族に化けていたことも、そんなお茶会に参加させられたことも、その化け物をお嬢様が挑発したことも、そのお嬢様が楽しそうに嗤《わら》っていたことも、そのせいで自分の命が危ういことも、何もかもが信じられなかった。

「嫌だ……嫌だ、嫌だ、嫌だ、嫌だ――」

絶対に嫌だ。死にたくない。ニネットは帰って〝楽〟に生きたかった。

ニネットは面倒なことが嫌いだった。

双子の兄であるノワールも楽に生きることが好きで、兄はそのためなら誰かにへりくだることさえ厭《いと》わなかったが、ニネットはそんなことすら嫌だった。

細やかな心遣いが必要な侍女なんて嫌だ。

騎士見習いになっても剣の鍛錬なんて嫌だ。

兄の企てに付き合わされるのも嫌だ。

他人にへりくだってご機嫌を伺《うかが》うのも嫌だ。

働かないとご飯も食べられないのも嫌だ。

楽に生きるために何かを考えるのも嫌だ。

嫌だ、嫌だ、嫌だ、嫌だ。

ただ楽に生きたい。

ニネットの出しゃばらず、兄の陰に生きるような性格は、何かを求めることすら面倒になって感情も捨てた結果だった。

ニネットは欲望が希薄だった。でも、何もいらないわけでもない。

不味《まず》いご飯は嫌だから、美味《おい》しい物が食べたい。

寒い場所で寝るのは嫌だから、暖かい部屋が欲しい。

楽をできないのは嫌だから、お金が欲しい。

そのために強力な剣が必要だった。強い剣があれば鍛錬しなくてもそれなりに強くなり、それだけで皆が認めてくれる。大人になれば護衛騎士の隊長になり、お嬢様を狙う敵はすべて部下に任せて、ニネットはただ楽に生きるのだ。

ある意味では、四人の中でニネットが一番〝普通〟だった。

曲がりなりにも、自分の将来の絵を描けていたのだから。

お嬢様に仕えて、面倒なことはメイドや小間使いにでもやらせて、考えることはすべて兄に任せて、大人になっても楽に生きる。

それがどこかで狂った。突然、お嬢様の名前で買い物ができなくなり、ご飯も小間使いと同じ物にされた。お嬢様の楽な仕事がなくなり、大変な仕事ばかりさせられ、仕事からも逃げた。

何がいけなかったのか？

どうしてこんなところで死に掛けているのか？

こうなったのは誰のせいか？

「お嬢様のせいだ」

剣を餌にニネットを釣り、こんな危険な場所まで連れてきた、お嬢様のせいだ。

早く逃げたい。

早く逃げなければいけない。

あのお嬢様もそう言っていた。けれど、ニネットは逃げなかった。

兄や仲間を置いて逃げられなかったのではない。今まですべてを親に頼り、いなくなれば兄に頼り、生きるために大公家を頼り、すべての思考を放棄して〝楽〟に生きてきたニネットは、この危険な状況でも逃げ方すら知らなかったのだ。

「……ひぃっ」

屋敷の周囲に広がる暗い森から、静かな足音が聞こえてくる。

普通なら聞こえない。一つでは森の気配に紛れて消えてしまうような微音が何百も集まり、虫の群体が舞うような細波《さざなみ》となってニネットに届いた。

そして、暗闇から現れる人、人、人――そのすべてが牙を剝《む》き出《だ》しにした〝化け物〟であると気づいて、ニネットの気が一瞬遠くなる。

「…………」

それでも気絶ができない。これまで感情の起伏がない生活をしてきたせいか、気絶するまで感情を高ぶらせることすらできなかったのだ。

吸血鬼の格と強さは、存在した年月で変わる。だがその他にも生まれの血……魔力の高い貴族や魔術師が吸血鬼となった場合、強さは変わらなくても存在の〝格〟が変わる。

それは年月による力の増減だけでなく容姿にも影響し、そういった格の違う者たちがミレーヌの執事や侍女に使われていた。

そして今……平民の服を着て、吸血鬼の醜さを隠すこともできずに、隠れたニネットを見つけ出して下卑た笑みを浮かべる者たちは、オーベル伯爵の下僕である四百体の下級吸血鬼だった。

ニネットの手にある魔力剣は強力な武器ではあるが、まだ子どもで、碌《ろく》な鍛錬もしたことのない彼女が倒せる相手ではない。

口が渇く。息をすることすら上手くできない。

ニネットは理解する。

自分は死ぬ。あの化け物に嬲《なぶ》られ、肉を引き裂かれ、生きたまま臓腑《ぞうふ》を食われるのだ。

「……呪ってやる……っ」

最期に涙を流しながら、捕縛された親を呪い、双子の兄を呪い、役に立たない仲間を呪い、自分をこんな世界に巻き込んだユールシアを呪いながら、震える剣の切っ先を自分の喉に当てた。

すでにもう……ニネットが〝楽〟になるには、この方法しかないのだから。

＊＊＊

オーベル伯爵の屋敷には、隣接する巨大な礼拝堂がある。

休日には伯爵領の敬虔《けいけん》な民が訪れ、子どもたちと共に女神コストルに祈りを捧げる、この領地で最も聖なる場所であった。

「……ひぐ、……ひぐ」

その中でクリスティナがぼろぼろと涙を零《こぼ》して嗚咽《おえつ》を堪えていた。

クリスティナは〝黒〟に包まれ、何者かによって庭園の片隅に捨て置かれた。彼女は混乱しながらも慌てて木の陰に身を隠したが、急に動いたことでメイドの一人に見つかり、この礼拝堂まで連行されてきた。

手荒な扱いはまだ受けていない。礼拝堂の祭壇にただ捨て置かれ、周囲を無表情なメイドたちに囲まれ、ただ無言で見つめられているだけで頭がどうにかなりそうな程の恐怖を覚えた。

クリスティナは、このメイドたちを最初の庭園で見ていない。美しさだけはミレーヌの侍女たちに劣らない彼女たちは、力ではなく格でもなく、ただ見目の良さだけで選ばれ、〝主人〟に寵愛《ちょうあい》されてきた五十名の下級吸血鬼だった。

彼女たちを選んだ、その主人とは――。

キィ……。

少女の泣き声だけが響く礼拝堂の扉が、微かな軋《きし》みを立てて開く。

「……ひっ」

さらりと流れる夜色の髪。人とは思えぬ人外の美貌……カミラ夫人は、狼男、虎女、猪男《いのししおとこ》、鼠男《ねずみおとこ》など三十名ほどの半獣人《ライカンスロープ》を引き連れ、礼拝堂に足を踏み入れた。

カミラとその腕に人形のように抱かれた少年を見て、クリスティナは絶望に涙を流す。

その腕の中には、虚ろな目をしたノワールがいた。

クリスティナと同様に捕まったのだろうが、どれほど酷いことをされたのか、大公家で支給された高価な執事服はあちこちが引き裂かれ、そこから覗く少年の白い肌には無数の〝牙〟の痕が残されていた。

だが、カミラが連れているのは半獣人《ライカンスロープ》だけ。しかもノワールが生きているということは、身体に残るすべての牙痕はカミラに遊びでつけられたものだと察せられた。

「ふふ……」

恐怖に引き攣るクリスティナに見せつけるように、カミラはノワールの頬についた血を舐めて、その首に甘噛みのように牙を立て、わずかに零れた鮮血を真っ赤な舌で舐め取った。

牙が触れ、舌で舐められる度に震えるノワールの、ある種の淫靡《いんび》な光景にクリスティナも思わず顔を背けてしまう。だがノワールの虚ろな瞳にクリスティナの姿が映ると、瞳にわずかな生気が戻り、ノワールはへつらうような嫌らしい笑みを浮かべた。

「お、奥様！　あいつの血を吸ってください！　僕よりずっと美味しいですよ！」

仲間どころか、人としての尊厳さえ売り渡したノワールの言葉に、クリスティナは絶句して目を見開き、カミラは愉悦の笑みを浮かべる。

「ほほほ。あの可愛げのない聖女と違って、其方《そなた》らは、本当に可愛らしいこと」

カミラの興味がクリスティナに向けられているのを感じて、ノワールは絶望の中に見つけた微かな希望に縋《すが》り付《つ》く。

ノワールは楽に生きたかった。だがそれは、双子の妹であるニネットとは違っていた。

楽に生きるということは『ほどよく偉く』なること。

貴族の嫡男に生まれたのは面倒だった。

責任のある立場は面倒だった。

平民なら王様になれば好き放題に生きられると思うだろう。だが、上の立場になればなるほど責任と重圧が増し、失敗すれば楽には生きられなくなる。

それならば一番偉くなるより、偉い人に責任を持って決定してもらい、自分は面倒なことだけ部下にやらせる〝中間〟が一番面倒がないと考えた。

失敗したら部下のせい。責任はすべて偉い人がとる。

ノワールにとって〝楽に生きる〟とは、すべての面倒を他者に振り分け、自分だけはなんの痛痒《つうよう》もなく生きることだった。

そのためなら誰かに媚《こ》びへつらうことも気にしない。自分の面倒を回避できるのなら浮浪者にだって媚びを売る。家が潰され、寄る辺を失った双子であったが、ノワールからしてみればユールシア公女の侍従は最高の立場だった。

ユールシアからの命令は子どもでもできる簡単なことだけで、失敗してもユールシアは困った顔をするだけで叱らない。自分たちが面倒なことは城の小間使いにやらせればいい。

ノワールはユールシアの名前を出せば大抵の事ができるのに気づいた。

問題になれば切り捨てられるように、まずはニネットの剣を買ったが問題なく届けられ、誰にも叱責されることがなかったので、彼は主人の名で命令して欲しい物を次々と手に入れた。

食事も今までの男爵家の食事よりも良い物で、部屋もメイドに命令すればシーツを替えて掃除までしてくれる。それほどまでに公女の侍従という立場はノワールにとって素晴らしいものだった。

だが、そんな面倒のない生活は、わずか数ヵ月で崩れ始める。

ユールシアが自分たちを呼ばなくなった。

自分たちに用事を頼むことがなくなった。

ユールシアの名前で命令することができなくなった。

今まで立ち入れていた場所が入れなくなった。

部屋の掃除もされなくなった。

食事の等級が男爵家で食べていた物より下がった。

仕事をすべて失った……。

それでもノワールは自分から謝って現状を変えようとしなかった。男爵家で嫡男としての教育を受けていた彼は、大公家の金で好きなことをしたと判明すれば、一番面倒なことになると理解していたのだ。

ユールシアは黙っていてくれる。ノワールから言い出さなければ罪に問われない。食事や待遇で文句ばかり言う妹たちが面倒になり、横領品を売り捌《さば》いた。

いずれ金も尽きる。その前に新しい寄生先を見つけなければいけない。そんな時に身体を売らせるため、あんな馬鹿な妹を捨てずにきたのだ。

だがそれをする前に、久しぶりに呼び出されたユールシアに咎められた。

しかし他人に甘いユールシアは、ノワールが媚びへつらうと許してくれて、珍しいお茶会にまで連れていってくれた。

だが……それが〝罰〟だった。

見渡す限りの化け物の群れ。その中で一人だけ余裕を持っていたユールシアが奇妙な魔法を使い、気づけば門の近くに放置されていたノワールは、化け物の一人に見つかり、血をすすられた。

このままでは死ぬ。そんな恐怖の中で、ノワールは身代わりを見つけた。

「そ、そうだ、奥様！　この僕を仲間にしてください！　そうすれば、あんな聖女の名を騙《かた》る女も僕が血を吸い尽くして――ぎゃぁあああああああっ⁉」

そんな言葉を言い掛けたノワールの肩にカミラが牙を立て、血を吸うのではなく、ゆっくりと肩の骨を噛《か》み砕く。

「わたくし、馬鹿な子は嫌いよ？」

激痛と恐怖で声すら出せないノワールに、カミラは獣の貌《かお》で優しく微笑んだ。

その傍らで……。

「あいつのせいだ……」

ぼそりと呟くクリスティナに、カミラがゆるりと視線を向ける。

「あいつのせいで、こんな事になるのよ！　たかが妾《めかけ》の子のくせにっ、アタリーヌ様やオレリーヌ様が遠くに追いやられたのは、全部あいつのせいよっ‼」

今は亡きコーエル公爵夫人アルベティィーヌとクリスティィナの母は懇意にしており、母はアルベティィーヌを崇拝し、見目の良い娘をアタリーヌたちへの貢ぎ物として育てた。

良い噂《うわさ》を聞かないアタリーヌたちも自分を慕う者には寛容で、その美しさと貴族としての威厳に触れた幼いクリスティィナは、母がそうであったように彼女たちを崇拝し、仕えることができる日を心待ちにしていた。

でも……あの日、クリスティィナはすべてを失った。

アルベティィーヌに追従し、悪魔召喚事件にも関わっていた両親はアルベティィーヌと共に死亡が確認され、セルダ子爵家もお取り潰しとなって孤児として保護されることになった。

あの事件で保護された子どもは、誘拐された子どもたちだけではない。クリスティィナを含めた従者候補四人のように、事件で逮捕された犯人の子どもも含まれていた。

ヴェルセニア大公がそうした子どもたちを保護して、希望者には奉公先を探していたが、犯罪者の子を進んで引き取りたい者はなかなか現れず、彼らは教会の孤児院で鬱屈とした日々を送っていた。

だが、クリスティィナには希望があった。

コーエル公爵家は名のみを残して解体されても、アタリーヌとオレリーヌは王都にある旧公爵家の屋敷におり、五歳になれば侍女見習いとして二人に仕えることができる……はずだった。

彼女たちはその直前に起こした問題によって、隣国シグレス王国に無期限の留学となり、クリスティィナが彼女たちに仕える機会は失われた。

だが、その事を重く見た大公フォルトは、最後まで引き取り手のなかった四人の子どもを引き受け、歳の近い第一公女であるユールシアの従者見習いとしたのだ。

聖王国の姫、ユールシア・フォン・ヴェルセニア公女。

敬愛すべきアタリーヌとオレリーヌが与えられるはずだった、恩恵も、栄光も、父の愛も、すべて奪い取ってその場に居座った、妾の子。

クリスティナも、最初から顔も知らなかった彼女を憎んでいたわけではない。

だが、父と母と城の全員から無条件で愛され、国中から聖女として讃えられるユールシアを見て、暖かな家も両親の愛も、敬愛する主人に仕える希望も失った自分と比べるうちに、ユールシアに対する憎しみだけが残された。

だから馬鹿な双子に横領の仕方をそれとなく伝え、特異な感性を持つファンティーヌにユールシアの大事な物を教え、わずかな痛みでもいいから与えたかった。

これまでの感情がクリスティナの中で渦巻き、命を失いそうになった今、純粋な憎悪となって燃えあがる。


「あいつを……ユールシアを殺してやる……っ」

恐怖の中で理性を失い、血の涙を流すような告白をするクリスティナを見て、感極まったようにノワールを投げ捨てて駆け寄ったカミラが、優しくクリスティナを抱きしめた。

「ああ……やっと、美味しそうになった……」

第八話　贄《にえ》

現場のユールシアにございます。そして今現在進行形で困っております。

「どうしようかしら……」

徐々に範囲が狭まってきた『黒光』の中で、冷めて渋くなったお茶らしき物をすする。

なんと、私はあの場から一歩も動いていなかったのです。

でもまぁ、ちょっと？　少しだけあの四人を移動させるために動きましたけど、一仕事終えて戻ってくるともう誰もいませんでした。

そりゃあ、つかまえてごらんなさぁい、って草原のお嬢様ムーブをかましましたけど、半獣人《ライカンスロープ》とかもいたでしょう？　あなたたち、臭いとか追えないの？　まさか、あの吸血鬼ちゃんたちも馬鹿正直に全員で探しにいくとは思いませんでしたのよ？

真面目かっ。

でも、神聖魔法の検証もできたし、やらかしたことに後悔はありません。

光系の魔法はみんな白い光が出るけど、光の色は白だけじゃないのです。夢で見た世界の知識でいうと可視光線かしら？　でもあれって黒もあったっけ？　そこはまぁ、魔法ってことでイメージがそのまま反映されるってことでいいのかな？

そうなると、闇の属性がないのもその辺りが影響しているのかも？　闇は闇、所詮は陰であって何かがあるわけじゃない。でも、黒い光が闇属性なら、光の精霊は闇の精霊と同一のものかもしれないわね。

……だったら、神聖魔法で暗黒魔法も使えるかもしれないわ。

以上、考察終わり。

それにしても暇ですね……。あの四人は逃げられたかしら？　この黒い光の中にいると外の様子が分かりにくいのです。

「仕方ありませんね……わたくしから出向きますか」

逃げられなかったら仕方ありませんわね。

でも、使い道あるから死んじゃうと困るのですよ。


「てい」

「ぎぎゃ――」

黒い光から出て屋敷の中に入った瞬間、ばったり出会ったメイド吸血鬼を叩《たた》いて潰す。

「あら、ごめんなさい」

聞こえてないね。もう壁の染みだもんね……。だって、いきなり虫とかいたら誰だって吃驚《びっくり》するでしょ？

あ、灰になった……掃除は楽でいいわね。でもまぁ……

「やたらと広いわ……」

エレア様に教えてもらいましたが、オーベル伯爵家は聖王国でもかなり古い家系で、お屋敷も何度も増改築をしているそうで、とんでもなく広くてとんでもなく入り組んでいました。

どれだけ私腹を肥やしていたのかしら？　……ああ、肥やしていたのは入れ替わられた元々の伯爵さんですね。

「う～ん……」

私って探知系があまり得意ではない。ネコ的直感で探っている部分があって、今回は臭いで探しているのだけど……どうも下にも沢山いるっぽい？

だけど、ここの広さってどうなっているの？　感覚だと地下で野球もできるわよ？　手下は礼拝堂や屋敷の外にもいるみたいだし、いったいどのくらいの数がいるのかしら？

大きな三つはなんとなく分かるけど、どれがミレーヌだか分からないわ。

下級悪魔でも召喚できれば楽なのですけど、私ってバカ魔力で強引に召喚門を開くから下手に開けると、〝彼〟に見つかりそう……。

たぶん怒り心頭状態のあいつの鼻を誤魔化して、大きな召喚門を開けられるのは一度だけ……。その一度で狙った相手を呼び出せればいいのですけど、それを呼び込むための魔法陣も過保護すぎる〝自称お兄ちゃん〟が教えてくれました。

「……シスコンかしら？」

とりあえず適当に歩いていれば誰かに会えるかしら？

あの四人の誰かいないかなぁ？　伯爵家三人の誰かいないかなぁ？　雑魚は汚れるから会いたくないなぁ……と思っていましたら、奇妙な石造りのお部屋に辿り着きました。

こんな部屋、貴族の屋敷にあるのかしら？

壁から拘束具付きの鎖がぶら下がっていて、のこぎりとか斧《おの》とか置いていていて、木の寝台には赤黒い何かがこびり付いていて、鉄が腐ったような臭いが充満していました。

……貴族家ならあるかもしれないわね。

そんなことを考えていると……。


──カツンッ。


「あらあら、聖女サマではありませんか」

拷問部屋にハイヒールの音が鳴って、美麗なメイドを数人連れた黒髪の美女が現れ、私を見てニコリと微笑《ほほえ》んだ。

「ごきげんよう、伯爵夫人。お名前はなんでしたかしら？」

「カミラで結構よ」

「ありがとう、カミラ」

拷問部屋で佇《たたず》む私と、ボロボロの子どもをお人形のように抱いたカミラが微笑み合う。

「それ……どちらで拾いましたの？」

「良い拾い物でしたわ。この娘は食前酒にちょうど良かったのよ」

カミラは血の気を失って虚ろな目をしたクリスティナの顎を上げて、牙で突くように零《こぼ》れ出る血を舐め取った。

「もしかして、これ、ユールシア様の落とし物かしら？」

カミラは血をすすりながら私を見て、挑発するような言葉を使う。

たぶん……私がただのユールシアでしたら従者が嬲《なぶ》られていることに憤慨し、冷静さを失っていたのでしょう。だからこそ……

「ええ。拾ってくださって、ありがとう、カミラ」

私がおっとりと微笑んでそう答えると、カミラはわずかに顔を顰《しか》める。でもそれも一瞬で、すぐに彼女は笑顔の仮面を被り直した。

「ふふ……聖女サマは随分と余裕がお有りなのね……」

ミレーヌと違ってカミラは私を侮《あなど》っている。どれほど力があっても所詮は〝人〟だと、強者としての傲慢さが、私を殺すことよりも、屈服させ、心をへし折るために彼女を必要以上に饒舌《じょうぜつ》にしていた。

「ねぇ、ユールシア？　人間って不思議なのよ？　強い感情を秘めた人間の血は、とっても甘いの……。聖女サマの血なら、どれほど甘いのかしら……」

なるほどね……。

彼女は……吸血鬼たちは知らないのね？

その甘美な味わいが、人が持つ〝業〟だと……。

「クリスティナ……良かったわ。あなたにもそんなに強い想いがあったのね？」

優しげにそう呼びかけると、クリスティナの肩がわずかに震えて、余裕を持っていたカミラの視線が苛立ったように動く。

「……そうよっ。そろそろ味も薄くなってきたから、あなたに差し上げますわっ」

カミラは少し早口でそう言うと、動かないクリスティナを私のほうへ投げ捨て、その後ろにいたメイドたちも次々とゴミを投げ捨てるように三つの人間を放ってくる。

ファンティーヌ、ニネット、ノワール……あなたたちも逃げられなかったのね。

「分かるかしら、ユールシア？　その子たちはまだかろうじて生きているわっ。どうするの？　聖女サマ。お得意の神聖魔法で癒やしてあげたらぁ？」

無残に血を吸われてボロボロになった従者たちを見つめる私に、カミラは自分が主導権を持つことを誇示するように煽《あお》り立《た》てた。

そうね。見ただけで分かるわ。カミラが言うとおり、この四人はまだかろうじて息がある。でも、神聖魔法では彼らを癒やすことはできない。

それは神聖魔法の問題じゃない。彼らの中にはもうほとんど〝魂〟が残っていなかったから。

私が見たところ、吸血鬼は人間の血に含まれた〝魂〟をすすって自らの力に換えている。

どうしてそのようになったのか？　それは、血を吸われたこの四人を見ればおおよそだけど理解はできた。

血液ごと魂を吸われ、死ぬことすらできなかった人間は、希薄になった魂が別の魂を欲して変質し、肉体や精神まで変質させる。

吸血鬼の犠牲者が吸血鬼となってしまうのは、一般的に言われる呪いでも伝染病でもなく、魂が変質してしまうから……だから、吸血鬼は失った魂を求めて、魂の力が強い人間の血を求める。

生物は死ぬと、魂は急速に拡散して世界に溶ける。

ごく一部、沢山の経験を積んだ魂だけがその〝経験値〟を消費して、魂の形質を保ったまま生まれ変われる。

世界に溶けた魂が何処へ行くのか、悪魔である私にも分からない。でも、死んだ肉体を修復しても一度世界に溶けた魂は戻らない。

だから、神聖魔法に『死者蘇生』の魔法は存在しない。

この四人もこのまま放置すれば、息絶えるか吸血鬼に変わってしまうのでしょう。

本当に救われない子たちね……。

だからこそ、私は最期に質問する。

人としてではなく、邪悪な悪魔として――。

「あなたたち、まだ……生きたい……？」

私が問うのはもっとも簡単なこと。生物の根源に問う、悪魔の囁《ささや》き。

私の〝問い〟に、ニネットやノワールやファンティーヌの肩が微かに震えた。そして……

「…………」

クリスティナだけがわずかに目を開き、憎悪の瞳で私を睨み付けた。

「〝肯定〟と受け取るわ」

契約は成った。

しゃらり……と、私の手から伸びた黒く細い鎖が、彼らの魂に絡みつく。


「――『光在れ《ひかりあ》』――」


私が神聖魔法を唱えるのを見て、カミラが愉悦混じりに失笑する。

「あははっ、バカな子！　本当にやったわ！　そんな状態で身体を癒やせば、確実に吸血鬼となるわ！　あはははははっ！」

哄笑《こうしょう》が響く中、私は最後の仕上げに移る。

私が救うのは彼らの身体じゃない。彼らの魂に秘めた、その想い――。

「――契約に縛られし、哀れな魂を喰らいて、姿を見せよ――」

私が唱える文言に光が複雑な階層を持つ複合型立体魔法陣へと変化する。

「――っ⁉」

その変化に何を感じたのか、メイドの一人が飛び出し、魔法陣の光に触れて飛び散った。

そのための神聖魔法だ。吸血鬼に、この『聖なる魔の儀式』の邪魔はさせない。

慎重に……繊細に、魔法陣を数百層と重ね、術式と想いを織り込んでいく。

この規模の魔法陣を使えるのは一度切り。

その一度で呼びたいものを確実に呼ぶには、私の想いが必要だった。

この召喚魔法陣に強制力はない。

それでも〝私〟にだけ呼べるモノがある。

さぁ……いらっしゃい。

「――悪魔公女が命じる――おいで。私の可愛い悪魔たち――」

＊＊＊

気がつけば、四人の従者たちは〝黒〟に塗りつぶされた場所にいた。

空も大地も地平線もなく、上下すら分からない黒の世界で、従者たちは自分と仲間の姿だけを見ることができた。

誰からともなく声をあげるが音にならない。必死に叫ぶが声にならない。

互いに駆け寄ろうと走り出す。だが、その距離は縮まることなく、勝手にどこかへ逃げようとしても距離は離れることなく、互いの距離感さえも定かではないこの黒い世界の中で、ただ一人……ニネットだけが何かを叫ぶように必死に逃げ続けていた。

ニネットは血が失われる寒さと苦痛の中で、お嬢様の『生きたいか？』という問いかけを聞き、全力で肯定した。こんなところに連れてきたお嬢様に恨みはある。でもそれ以上に死ぬのは嫌だった。だから一も二もなく誰よりも速く生を求めた。

それなら……どうして今自分は襲われているのか？

見えない何かに追われ、追い立てられ、傷つけられていく。

ただ、楽に生きたかった。何もしないで生きていたかった。そのために双子の兄や、仲間や、お嬢様に寄生し、利用して何が悪い。

黒の世界でそんな事を叫びながら、恐怖の中で逃げ続け、最期にその〝怠惰〟な魂ごと巨大な黒い羊に貪り食われた。


その時には他の三人も何かに追われるように逃げ出していた。

ファンティーヌも走り出すが、その足は何もない空間で躓《つまず》き、見えない何かに転がされ、様々な悪戯をされて、その度に耳元で嘲笑が響く。

生きるか？　と問いかけたなら助けてくれるのではないのか？　嘘《うそ》つき、嘘つき、とファンティーヌは叫びながら逃げ続ける。

弄ばれている。オモチャにされている。世界はファンティーヌの物で、すべては自分のオモチャなのに、どうして自分の命が弄《もてあそ》ばれているのか？

世界で一番大切なものはファンティーヌであるはずなのに、お嬢様は嘘を吐いて、自分を見えない誰かのオモチャにした。

助けろ、と泣き叫ぶファンティーヌの〝傲慢〟な魂は、巨大な白い猿に握りつぶされ、ゆっくりと咀嚼《そしゃく》されながら白猿の中に消えていった。

ノワールは途中から逃げるのをやめて、薄ら笑いを浮かべながら必死に命乞いを始めた。音のない世界で必死に見えない誰かを褒め称え、おべっかを使い、双子の妹と仲間を好きにしていいから、自分だけは助けてくれと懇願する。

恥も外聞もないが、この程度で助かるのなら安い物だと、せせら笑う。

すべての面倒を排して楽に生きるためならなんでもする。楽をするために金を集め、物を盗み、他人の物を勝手に使って楽に生きる。

楽に生きることは他者の権利を自分の物にすること。

だからこそ妹や仲間の権利を勝手に売り払うことに罪悪感はなかった。しかし、それがお嬢様のことになった瞬間、それまで無言で見下ろしていたそれが突如怒りを顕《あらわ》し、巨大な黒い山羊の蹄《ひづめ》でノワールを踏み潰して、摑みあげたその〝強欲〟な魂ごと噛み砕いた。

クリスティナは必死に逃げ続けた。こんなところで死ぬことはできなかった。

生きたいか、という呼びかけに応えたのは、その本人に復讐《ふくしゅう》をするためだった。

自分と敬愛するアタリーヌ様たちからすべてを奪ったあの女に復讐する。そのためならすべてを投げ出してもよかった。

自棄《やけ》になり、泣きわめきながら両手を振り回し、クリスティナは見えない襲撃者を威嚇する。

望みは復讐だけ。心の中にあるのはあの女への憎しみだけ。

敬愛する人から栄光を奪ったあの女が憎かった。

自分から幸せを奪ったあの女が憎かった。

裕福なあの女が憎かった。

幸せなあの女が憎かった。

誰からも愛されるあの女が憎かった。

地位も権力もあるあの女が憎かった。

栄光も未来もあるあの女が憎かった。

ユールシア・フォン・ヴェルセニアのすべてが憎かった。

ずるい。私だってそうなりたかった。

そう叫ぶクリスティナの前に、巨大な金色の蛇が現れて、その人間らしすぎる感情の〝底〟を見通すようにニタリと嗤う。

憎悪は愛の裏返し。その存在があまりにも眩《まぶ》しすぎたために、憎むことでしか直視できなかったクリスティナの〝嫉妬〟に満ちた魂を、蛇は丸呑みにして欠片も残さず溶かし尽くした。

＊＊＊

パキィ――ンッ……。

澄んだ音を立てて光の魔法陣が砕け散る。その残滓《ざんし》が春に降る雪のように消えると、光が消えたことでさらに増した昏《くら》さだけが残された。

その闇が、どろり……と泥のように成り果て、部屋に灯る明かりを濁った色に変える。

あまりに濃密な闇が泥のように流れ出して床一面に広がる。その異様な現象に吸血鬼たちが怯えるように跳び下がり、深き闇は四人の従者を底なし沼のように呑み込んでいった……。

「な、なんなのぉおっ⁉」

カミラの悲鳴のような叫びが聞こえた。

訳が分からない。意味が分からない。何が起きているのか理解ができない。

それは、この場にいるこの世界の生き物が思った、共通認識なのでしょう。

昏さが満ちる。月のない夜のように。その暗さは夜に生きる吸血鬼さえ怯えさせ……。

床一面に満ちる闇の湖面から、静かに……緩やかに……四人の従者であったモノが立ち上がるようにその姿を現した。

それは、以前の彼らと同一でありながら、明らかに〝異質〟でした。

大公家で支給された高価な衣装は、何百年も風雨に曝《さら》されたように風化して……

四人は禍々しいまでの瘴気を撒《ま》き散らしながら、満ちていた闇の海まで吸収し、その昏い視線を脆弱な者たちへ向けた。

「――きぃきゃあぁあ――ッ‼」

突如、獣のような叫びをあげたカミラの命を受けて、その場にいたメイドたちが獣の貌で四人に襲いかかる。

その瞬間、ゆらりと影の一つが揺れて――。

斬っ!!

ニネットであった個体が腰の剣を抜き放ち、たった一振りにて木の根のようにうねった刀身がメイド吸血鬼すべてを串刺しにした。

「――∮∞§¢‡†∴†∞▲§¢¢‡∴∮‡□‡¢†□¢§¢∞†▼†††――!!!」

人には発することのできない言葉で高笑いをあげ、その衝撃がこの巨大な屋敷さえも揺るがし、剣に貫かれたメイド吸血鬼たちは、そのまま枯れ果てるように塵《ちり》となって消えていった。

穢《けが》れた魂を喰らい、人の依り代を得て世界に顕現した、人の形をした〝悪魔〟――。

「…………」
やっちまったぁあっ！
どうするのよ、これっ⁉　いつの間にかカミラもいないじゃない！　逃げたわね！　私を置いて！（混乱中）
『……主人《あるじ》さま……お久しゅうございます』
「ええ。元気にしておりましたか？」（復帰）
四人の従者だった四つの個体が、私の前に跪《ひざまず》いて頭を垂れ、四体の纏《まと》め役に任じていたノワールであった個体が代表して、歪《いびつ》な声で挨拶を述べる。

ああ、やっぱり、あの子たちよね……。

魔界で〝彼〟が拾って、私が育てて〝設定〟という名の魔改造をしてしまった、四体の悪魔たちです……。

あらためて見て思いました。

これは〝無い〟な……と。

ぶっちゃけますと見た目がもうアウト。顔色がどす黒くてグロい。肌の下に血管？　虫？　みたいなものが絶え間なく蠢《うごめ》いて、直視するのも勇気がいりました。

これ、あれですよね？　悪魔召喚事件で私から逃げた猿悪魔が進化した奴と同じですよね？　しかもあいつは進化したばかりで能力も上手に使えていなかったけど、この子たち、先ほどの光景を見た限りでは使いこなしていますよね？

しかもなんですか、その禍々しい気配は？　ふんわりと漏れ出ている瘴気だけで、石の床が腐って死臭がしているのですけどぉおお!?

これは、あかん。こんなの人の世界に連れて帰ったら、大混乱になりますわぁ……。

それと気になることもあります。

私はあの四人に残っていた希薄な魂では対価として不足に思えたので、贄にすると同時にこの悪魔たちと〝融合〟を試みたのです。

あの四人の『生きたい』という契約内容も満たせて、一石二鳥だね！　って感じで、やってしまったのですが……。

「クリスティナ。あなたの中に〝人〟の魂は残っていますか？」

彼らの本質は悪魔でも、どれほど元の四人が残っているのか？

「……クリスティナ？」

クリスティナだった個体に訊ねてみましたが反応が薄い。するとノワールであった個体がその個体を肘でつつき、彼女はようやく自分のことだと理解しました。

『申し訳ありません、主人様。依り代となった個体名で呼ばれるのは、少々……』

「……ああ、そうでしたわね」

人の世で生活してすっかり忘れていました。

悪魔に名前はない。正確にいえば、悪魔は悪魔に名付けができない。悪魔同士で名前をつけると存在を削り合うことになり、魂の弱い人間では強大すぎる存在に名付けはできないのです。

私も個体名である『ユールシア』以外の愛称呼びは、慣れるのに時間が掛かりましたからね。

でも、そういう発言が出るってことは……

「……もしかして、融合した魂、まったく残ってない？」

それだと対価不足になって弱体化するかも？

そんな私の懸念をよそに、クリスティナだった個体は首を振る。

『いいえ、主人様。わたくしが選んだこの魂は、確かにわたくしと融合し、知識を得て、話し方や嗜好《しこう》に影響が表れております。ただ……』

「ただ……？」

嫌な予感。それを肯定するようにその悪魔はクリスティナの顔で……悪魔めいた歪《ゆが》んだ愉悦の表情を浮かべる。

『希薄な魂に残っていた大部分が、主人様への負の感情でしたので、堪らず……』

「……食べちゃった？」

『『『――はい――』』』

私の言葉に全員が一斉に答えました。

つまりは、話し方とか嗜好とか、知識以外全部食べちゃったってことね？

まぁ、なんといいますか、立派な悪魔に育ってくれて嬉しいわぁ。波長の合う魂と依り代を得られて良かったわねぇ……。

でも、欠片でも彼らと融合したのなら、一応だけど〝契約〟は果たせたわね。たぶん。

詐欺だけど。

大事なのは魂の大きさじゃなくて、融合したという事実なので、弱体化はなさそうです。

それはそうと、いつまでも『だった個体』とか呼ぶのは面倒ね。

でも、この子たちくらい強くなると人間では名付けができませんし、名付け親は特別な存在になりかねないから、精霊とか竜とか（居たらだけど）に頼むこともできません。

でも待って。私って……。

「あなたたち」

『『『はい！』』』

「わたくしの名をユールシアと覚えなさい。これから〝私〟が、あなたたちに〝名〟を授けます」

悪魔が悪魔に名を授ける。

でも四体の悪魔たちは、私の言葉に逆らいもせず深々と頭を下げた。

これは私に対する信頼か、それとも私にならず滅ぼされてもいいという忠誠か。

けれど私も勝算なく行うのではありません。生まれ変わる前の自分の身体を依り代にした、神聖魔法さえ効かない私は、悪魔でありながら限りなく〝人〟に近く、人間の属性を持っている。

それならばできるはず。

私たちは悪魔。精神生命体です。私ができると信じ、彼らが私を信じてくれるのなら、きっと私たちの望みは叶《かな》う。

「あなたの〝名〟は、『ノア』です」

私はノワールを依り代にした悪魔にそう名付ける。

「あなたの〝名〟は、『ニア』です」

その名はニネットだった悪魔へ。

「あなたの〝名〟は、『ティナ』です」

その名はクリスティナだった悪魔へ。

「あなたの〝名〟は、『ファニー』です」

その名はファンティーヌだった悪魔へ。

感傷……ではないけれど、せめて、私が仲良くなれなかった彼らの愛称を貫いましょう。

『『『『……………』』』』

名を受けた四体……いえ、四人は、無言のまましばらく蹲《うずくま》り……音もなく立ち上がった彼らの姿はまるで変わってしまっていた。

成功……と言っていいでしょう。あの禍々しい気配が名付けによって内包され、元々それなりに整っていた容姿は人間味が消失して、精巧に作られたお人形のような冷たい美しさを備えた、まるで〝人間〟のような姿となっていました。

……変わりすぎではありませんか？

う～ん、たぶん私と同じように、左右が対称になって生活習慣による歪みがなくなったせいだと思いますけど、名付けしただけでここまで安定するのですね……。

人間と言い張っても問題はないでしょう。でも、元の四人と同一人物だって受け入れてもらえるかしら？

ま、いいか。

「これからお掃除をするのでついてきなさい」

「「「「はい、ユールシア様っ！」」」」

私は四人を伴い、夜の屋敷を歩き出す。

始めましょうか。

私の餌場に巣くう、害虫どものお掃除を……。

第九話　悪魔の宴

「あ、そうそう、忘れておりましたわ」

「いかがなさいましたか？」

オーベル伯爵家の屋敷の廊下を歩きながら漏らした私の呟《つぶや》きに、ノアがそっと訊《たず》ねてくる。

「あなたたち……〝彼〟はどうしているか知っていて？」

私の問いかけに、後ろを歩いていた悪魔たちがビクッと肩を震わせる。

え？　……なんですか、その反応？

「……話しなさい」

私があらためて命じると、微妙に私から視線を外していた四人のうち、女の子三人が一歩下がって、取り残されたノアが溜息を漏らした。

頑張って、男の子！

「ユールシア様がこちらに向かわれた後、あのお方は大変な荒れようで、あの辺りの悪魔を滅ぼし、我らも退避することしかできず……」

「……分かりました」

もしかして私が悪いの？　悪いんだろうなぁ……。

でも仕方ないじゃない！　来たかったんだもん！

「そんなことより、ユールシア様ぁ」

「ニア……？」

そんなことって……。魔界の大惨事を一言で流したニアが、のんびりとした口調で声を掛けてくる。こうして見ると、よほど波長が合っているのか、以前のニネットとも、魔界にいた頃のこの子とも、そんなに印象が変わりません。

「どうかしたの？」

「あのぅ、これ見てくださいよぉ」

ニアは、ニネットに持たせていた魔力剣……なんだけど、以前と違って輝きがなくなり、腐食したボロボロの剣を見せてきました。

「どうしてそうなったの……？」

「普通に使っただけですよ～」

ニアは情けなさそうに眉を八の字にする。悪魔に剣は必要ないけど、嗜好が影響するってこういうこと？　ニアは私に見せようと腐食部分を指で摘まんで……

ポキンッ。

「「あっ」」

あっさり折っちゃった……それ高いのよ？

「ユールシア様ぁ……」

そんな情けない声を出されても新しい剣は買いませんよ。

「大丈夫です。問題ございません」

「へ？」

ノアだけど、一瞬ノワールと被ったわ。でも何も出来なかった彼と違い、ノワールは折れた剣の切っ先を拾うとニアに振り返る。

「ニア。先ほど〝吸収〟した魂と、その剣を貸しなさい」

「はぁい、兄さん」

そういえばこの二人は、最初から兄妹設定で『吸収』と『解放』の能力をつけていたことを思い出しました。

ニアからノアに繋《つな》がりのようなものができると、ノアは真っ白な靄《もや》のようなものを取り出して、折れた剣にスッ……と指を滑らせる。

「修復しました」

「…………」

速いわ！　ってか、何をしたのかなんにもわかりません！

修復した、というその剣なんだけど、銀色の刀身が真っ黒になって、耳を澄ませば……

『……ォオ……オォオ……』

……って、怨嗟《えんさ》の声が聞こえる立派な『魔剣』になっていました。

「さっすが、兄さん！」

ニアは魔剣を嬉しそうに受け取ると、さっそくぶんぶん振り回して、斬りつけた壁を腐り果てた残骸に変えていた。危ないからやめなさい。

「修復……と言えば、わたくしどもの服も、主人様《あるじ》の従者として相応《ふさわ》しくありませんわ」

そこに風化したメイド服を指で摘まみ、不快そうな顔をしたティナが声を掛けると、ノアも引き裂かれた自分の執事服に目を向ける。

「確かに。全員の分を直せますか？　ファニーは手伝ってくださる？」

「ええ。もちろんですわ。ファニーは手伝ってくださる？　ティナ」

「いいよー」

壁の瓦礫《がれき》を人の骨（？）でつついていたファニーが満面の笑みで手をあげた。

ティナがプラチナブロンドになった縦巻きロールから髪を抜き取り、ファニーも真っ白に近い銀の髪から数本抜き取って魔力を這《は》わせると、瞬く間に全員の服が元通り……じゃなくて、黒地に銀糸の刺繍《ししゅう》がされた執事服やメイド服に早変わり。もちろん、ニアの騎士服も真っ黒け。

「見て見て、ユールシアさま、この銀糸が私のだよ～」

「まぁ、綺麗ね」

一仕事終えたファニーが私の後ろから抱きついて、私の頬に頬ずりをする。銀の部分はファニーの髪として、ティナの金髪は何処へ行ったのかしら……。

「ティナちゃん、性根が真っ黒だから」

「ファニー⁉」

私の心を読んだファニーの言葉にティナが裏切られたような顔をした。ファニーも大概〝黒い〟けどね。

ノアもニアもティナもファニーも、みんな以前の四人とあまり印象は変わらない。

でも、違う。

同じように見えても、あの四人とは全然違う。彼らは〝私〟にこんな甘えた態度や、近い距離感になりませんでした。

今この場にある光景は、歳の近い主従として敬われながらも気安く、信頼関係もある、お父様が私に望み、私が努力をして求めていた『彼らとの関係』だったのです……。

ええ、無理でしたけどねっ！

「ねぇねぇ、ユールシアさまぁ、このお屋敷、変な〝臭い〟がいっぱいするよ？」

私に抱きついたまま、ファニーが臭いを嗅ぐようにそう言ってきました。

「そうね、ファニー。どこに誰がいるのかわかる？」

「うんとね……礼拝堂におばさん？　外にいっぱい。下に二人といっぱい」

「ふぅ〜ん」

カミラは礼拝堂か……。地下にオーベル伯爵とミレーヌがいるのね。さて、どちらから行こうかしら？　そんなことを考えていると、私とファニーを羨ましそうな顔で見ていたティナがメイド服の裾をひるがえすように前に出る。

「それでしたら、主人様。外は、わたくしめにお任せを」

彼女はクリスティナと同じ有能でも、彼女と違って積極的ですね。

「一人で平気？」

ティナの提案に首を傾げると、同じく頬ずりしていたファニーも首を傾げて、ティナが悔しそうにハンカチを噛《か》む。

「もちろんっ、でございます！　主人様っ。あんなゴミどもなど、わたくし一人でぽぽぽいと片付けてまいりますわっ！」

一言ごとに、ずいっと近づいて、ティナは熱っぽい瞳で顔を近づけてくる。

いや、気安い関係になりたいとは思いましたけど、こんな唇が触れそうな『関係』になりたいわけじゃないのです。

「はぁい、ティナ。そこまでよ？」

「ちっ」

限界ギリギリまで顔を近づけたティナに、のほほんとした笑みを浮かべたニアが魔剣の切っ先を向けると、彼女は舌打ちしながら離れてくれました。

「とりあえず、外にもいっぱい居るみたいですから、ファニー、あなたも手伝ってあげてくれる？」

「はぁい」

子どもらしいお返事をして頬をスリスリしてくるファニーを見て、ティナが愕然とした顔をしておりました。

「どうしてわたくしだけ⁉」

だって、近づいたとき鼻息荒かったから……。とりあえず可哀想なのでティナの頭を撫でたら、一瞬でご機嫌となってお外に行きました。

クールビューティーは何処へ行ったの……？

それでは、私たちは地下いるミレーヌにでも会いに行きましょうか。

＊＊＊

ティナは一人、敬愛する主人の下を離れて、夜の中を礼拝堂へと赴く。

彼女は自分が普通ではないと理解している。

脆弱《ぜいじゃく》な悪魔として生まれ、金色の獣――ユールシアに〝異界の知識〟を与えられ、〝変容〟させられた。

そのことに不満はない。ないどころかティナにあったのは、悪魔とは思えない〝ゆるい〟主人への無限とも思える崇拝だった。

だが、再びお側に仕えることを許され、強くなるための新たな〝贄《にえ》〟をいただき、〝名付け〟までされるという暴挙の結果、擦り切れて希薄になった魂の最後の想いと完全に融合し、ティナに崇拝とは異なる〝想い〟を芽生えさせた。

その想いを胸に一人悶々《もんもん》としながら礼拝堂に辿《たど》り着《つ》くと、感じられた伯爵夫人の気配から、ティナの中にこれまで感じたことのなかった暗い感情が芽生える。

おそらくそれは、融合した魂がその者から受けた仕打ちから来るものだとティナも理解するが、ティナはそれに不満を覚えても不快には感じなかった。

それも間違いなく自分の感情なのだから。


――その少し前。

「なんてことなの……っ！」

カミラは誰もいない廊下を貴婦人としての優雅さを捨て、全力で駆け抜ける。

屋敷の中にも数名のメイドを配置していたはずだが、その姿が見えないのも、あの聖女……ユールシアに倒されてしまったのだと察した。

だが、そんなことはどうでもいい。カミラが焦っているのはそんな些細《ささい》な問題ではない。

「あり得ないわっ」

どれだけ魔力が高くても、所詮は人間だと侮っていたユールシアが――聖女と讃えられる清らかな乙女が、まさかあの場で〝悪魔召喚〟を行うなど誰が信じられるだろうか。

それもただの悪魔ではない……。

召喚魔術では呼び出す対象を選ぶのは困難だと言われている。おそらくは窮地に陥ったユールシアが強大な魔力で無理矢理召喚門をこじ開けたのだろうが、彼女はその魔力でとんでもないモノを呼び出してしまった。

二百年を生きるカミラはその知識でその存在を知っていた。知っていたからこそ、その昏《くら》い目を向けられた瞬間、メイドたちに攻撃させてカミラはなりふり構わず逃走した。

その後に響いた屋敷を震わす地響きと、おぞましいまでの人外の哄笑が聞こえて、カミラはその正体を確信する。

地震、竜巻、洪水、噴火……国家を揺るがす天変地異すら起こす大精霊《アークエレメンタル》に匹敵する、悪魔の上位個体。生きとし生けるものの天敵……。

それがこの世に顕れるとき、禍々しい気配と共に古びた貴人の衣装を纏うという。

「……〝大悪魔《アークデーモン》〟……っ」

一体でも国家の危機レベル《天災級》の存在が四体など、冗談でも笑えない。

それが依り代を得て顕現したのであれば、国家の危機レベルではなく、聖王国と周辺国が諸共滅びる可能性すらあった。

過去に呼び出した国家を滅ぼした大悪魔の一体は、黒い獣の悪魔で、人間はそれを倒すことができず、依り代を得ていなかったからこそ、魔力が尽きて消滅するまで待つことができた。

まさか人間の魔力量で四体も呼び出すとは思いもしなかったが、それだけの魔力量を絞り出せばあの聖女も死んでいるだろう。たとえ生き残ったとしても、贄を求めた悪魔に殺されないはずがなかった。

もう逃げるしかない。同じ《天災級》で下位に位置するオーベル伯爵とカミラとミレーヌが共に戦えば一体なら倒せるかもしれないが、カミラは共に戦うのではなく、百年以上共にいる仲間に知らせることなくあっさりと切り捨てた。

仲間を切り捨てるのは初めてではない。

カミラはオーベル伯爵に血を吸われ吸血鬼にされたが、ミレーヌはもう一人いた仲間……三百年存在した吸血鬼に創られた者で、その吸血鬼がテルテッドの騎士団と戦っているときに、オーベル伯爵とカミラは彼を置いて撤退した。

その後に下僕とした半獣人《ライカンスローブ》に担がれ、気を失ったミレーヌが追いついてきた。あのときはテルテッドで暗躍していた魔族《エビルレース》の介入があり、ミレーヌも表面上は納得したが、彼女はいまだにそれを根に持っている。

今回も同じことだ。カミラは切り捨てて逃げるのを決めた。それでも……

「回収は必要ね……」

聖王国から撤退するとしても、太陽の下を歩けないカミラは陽の下を歩ける下僕が必要だった。【魅了《チャーム》】の暗黒魔法を得意とするカミラは、仲間の中で半獣人を従属させる役目を負っている。その事を面倒に思うこともあったが今だけはそれを神に感謝した。

今も礼拝堂には、カミラが集めた三十名の半獣人と、メイド吸血鬼が三十名は残っている。全員は無理でも屋敷にある馬車をすべて使えば半数は連れ出せる。それだけいればこの大陸からの脱出も難しくはないだろう。

カミラが逃げるまで、頼りになる仲間が大悪魔を足止めしてくれることを信じて。

キィイ――……。

「――⁉」

礼拝堂へ辿り着き、撤退の準備をしていたカミラは、微かな軋《きし》みをあげて開いていく扉に振り返り、そこから現れた人物に驚愕する。

「まさか……っ」

深みのある藍色《あいいろ》がかった碧い瞳。

背中まである髪を縦巻きロールにした金の髪。

陰さえ見えない真っ黒なワンピースに、白にも銀にも見えるエプロンドレスを合わせた、極上のメイド服。

一度は苛《さいな》みながらその甘い血をすすり、次に悪魔に憑依《ひょうい》されて化け物となった姿に怯えた、確かにカミラが知っているはずの小さなメイドであったが、それから受ける印象はカミラの記憶とまるで違っていた。

くすんでいた金髪が白金のブロンドとなり、その巻き髪はまるで大地でさえ抉《えぐ》れそうな硬質な輝きを放っている。

元より愛らしかった顔からは人間味が消失し、その碧い瞳の色と相まって、以前とはまるで違う氷で出来た人形のようなその冷徹なまでの美しさに、カミラは寒気を覚えた。

まるで、〝人間〟のように見える。

だが、こんなおぞましい人間がいてたまるものか。

闇に生きる大吸血鬼として、それを鋭敏に察したカミラだが、ただの人と変わらない感覚しか持たない下級吸血鬼はその〝おぞましさ〟に気づけなかった。

『──ガァアアアアアアアアアアアアアアアアアアアアッ‼』

広い礼拝堂の天井や暗がりに潜んでいたメイド吸血鬼たちが、美しくも幼い〝獲物〟に向けて一斉に襲いかかる。

「…………」

それを表情一つ変えずに目を向けた少女は、静々と歩むと、両の手を腰の前で重ねた姿勢を乱すこともなく、幼さのある冷たい美貌の瞳にそっと……〝朱〟を宿した。

キシィ──ッ……。

何かが軋む音が礼拝堂に鳴り渡り、動きを止めた数十体のメイド吸血鬼たちが倒れ、天井から降りそそぎ、礼拝堂に響く賛美歌のごとく石となって破砕音を奏でた。

「──っ……」

その信じられない光景にカミラが引き攣《ひつ》るような呻《うめ》きを漏らして絶句し、彼女の配下である残りのメイドや半獣人たちも脂汗を流しながら身動き一つできなかった。

生きとし生けるものの天敵……。

──大悪魔《アークデーモン》──。

あの拷問室で確かにカミラはそれの出現を察した。だが、そのとき感じた禍々しいまでの気配はなりを潜め、人のようにしか見えないというのに、カミラは隔絶した力の差を感じた。

これまで強者として存在してきたカミラは、その残酷な現実を直視できず、思わず恨み言を吐き捨てる。

「……どうして？　どうしてこんな化け物が出てくるの？　こんな出鱈目《でたらめ》な存在がっ、あんな……あんな、クソガキなんぞに――」

そのとき――

礼拝堂そのものが暗くなり、噴き上げる濃密な怒気にメイド吸血鬼数体が抵抗もできずに灰となって崩れ去る。

静まりかえり、怒気のみが渦巻くその空間に昏い怨嗟の声が漏れた……。

「この……下賤《げせん》なヤブ蚊ごときが……我らが創造主であり、愛する母であり、魔界の太陽であった主人様を貶《おとし》めるとは……身の程を知れ……ッ!!」

地の底から呪うような声でそう呟いた少女は、そこでようやく恨み言の主がカミラだと気づいたかのように、口元だけを笑みの形にして……

「初めまして、伯爵夫人。また、お目にかかれて嬉しく存じますわ」

そう言って少女は、メイド服の裾を摘まみ、見事なカーテシーを披露する。

「――……ウガァアアアアアアアアアアアッ!!」

その瞬間、己の運命を悟ったカミラは、最後の賭けに出た。

自分の中の魔力と存在力を全解放して、身体を獣のように歪ませ全身を巨大化させて少女へ襲いかかり、それと同時に強制を受けたメイド吸血鬼と獣と化した半獣人《ライカンスロープ》が一斉に飛びかかる。

相手は《天災級》――カミラはその下である《災害級》でしかないが、命を振り絞り、この場にいる全員で掛かれば倒せる可能性はある。

だが――。

『――ぐがぁあああああああああああああああああああああああああああっ!!』

礼拝堂に奏でられる断末魔の絶叫。

礼拝堂の石床を突き破るように飛び出した〝金色の鞭《むち》〟が少女へ襲いかかる者たちを、貫き、薙ぎ払い、引き千切り、バラバラになった無数の死骸と血が飛び散る中で、少女は飛びかかったカミラの顔を掴《つか》むように両手で包み、覗き込むように目を合わせた。

「ああ……吸血鬼も色々といるようですが、あなたは〝赤い瞳〟になるのですね」

「ああああああああっ!!」

自分の顔を小さな手で万力のように挟まれ、カミラは爪で何度も斬りつけるが、少女の身体どころかそのメイド服さえも貫くことはできなかった。

「羨《うらや》ましい……妬《ねた》ましい……ああ、わたくしはずっと主人様と同じ、金の身体と赤い目が欲しかったのにっ!!」

「あああああああああああああっ!!」

邪気を湛《たた》えた少女の碧い瞳が、白目諸共〝朱色〟に輝き、徐々に石と化していく自分の身体に、

カミラは叫びではなく魂からの悲鳴をあげた。

少女の白金色の巻き髪が無数の蛇へと変わり、礼拝堂の床も壁も天井も……鞭の如き金色の蛇が隙間なく覆い尽くし、すべての者をくびり殺す。

「わたくしの名は〝ティナ〟……主人様に創造された〝ゴルゴン〟のティナと申します。まだ聞こえておりますか？　ふふふ……アハハハハハハハハハハハハハハハハ§†¢□∮‡‡† § ‡……──」


もはや戦いですらない、上位者による無残なまでの蹂躙《じゅうりん》。

血と死骸と蠢《うごめ》く蛇の中で、石となって引き千切られた絶望に顔を歪めるカミラの首を掲げ、ティナは魔界の太陽《神》へ捧げるように高笑いをあげた。

すべては愛する母のため。

すべては愛する主人のため。

すべては愛おしいユールシアのため……。

希薄な魂と融合して喰らい尽くし、新たに芽生えた想いがティナを高ぶらせる。

「ああ……憎らしいほど愛しいユールシア様を食べてしまいたい……」

それはもう、色々な意味で。

＊＊＊

「ねぇ、おじさんたち、聞いて、聞いてっ！」

昏い森の中でも〝異変〟は始まっていた。

始まりは唐突に……たった一人の銀髪の少女が彼ら吸血鬼たちの前に姿を現したことで、その幕を開ける。

吸血鬼の犠牲者がすべて吸血鬼と化すわけではない。血に含まれた魂を吸われ、そのほとんどは息絶えるが、生命力の強い者や意志の強い者……そして魂の強い者が吸血後にも生き残り、吸血鬼と成り果てる。

だが、吸血鬼にも格はある。高貴な血を持つ者や高い能力を持つ者、美しい容姿を持つ者は、吸血をした主人に重用され、主人に直に仕えることが許された。

外にいる下級吸血鬼たちは、聖王国の各地で襲われ、吸血鬼となったことで連れられてきた元村人だった。

戦う能力もなく、貴人に仕える技能もなく、外見も人並みな、ただ体力が高いだけの彼らは、血の宴に参加することさえ許されず、獲物を逃がさないため屋敷の周囲を囲むように命じられた、ただの壁役だ。

先ほど伯爵に呼ばれ、百名ほどが屋敷へと向かったが、なんの技能もない三百名の者たちは何も知らされずにここへ残された。

「私ね、ユールシア様に名前を貰ったんだっ」

そんな下級吸血鬼を前にして、少女は楽しげに嬉しそうに笑う。

突然、この輪の中に現れたこの少女は何者なのか？

見るからに高価なメイド服を着たまだ幼い少女。今回の宴の客か、それに連なる者か。

まだ本当に幼い……少女というよりも幼児であり、それでもこんな場所に来るということは、それなりの血筋のはずで、まだ幼児でありながらその容姿は彼らの目を引いた。

白にも見える銀髪は暗い森の中でも輝くようであり、満面の笑みを浮かべるその顔は将来を期待させるように整っており、血色の良い白い肌は極上の果実のようで、少女を見た下級吸血鬼たちはその肌の下の甘い血潮を思い、我知らず喉を鳴らす。

客の血を勝手に味見すれば主人に叱責を受けるだろう。下手をすればそのまま滅ぼされることもあり得る。

だが、目の前で甘い香りを放つ少女の血への渇望はすぐに限界に達し、下級吸血鬼たちはふらふらと誘われるように少女へ手を伸ばした。

こんなところに来るほうが悪いのだ。

自分から来なければ襲われることもなかった。

偉大なる主人は客がいなくなったことも気づいているはずだ。

ならば、この小さな獲物は、自分たちへの褒美に違いない。

吸血鬼の格の差は理性にも影響する。元より碌《ろく》な教育を受けていない者も多く、信仰だけが拠り所の純朴な村人たちは、闇に堕ちることで価値観が変わり、背徳感からこれまで守ってきた者たちに好んで牙を向けた。

その少女がどうやって彼らに気づかれずにここに現れたのか、その意味も知らずに……。

「きゃははっ」

吸血鬼たちが手を伸ばす。

少女は大人に遊んでもらう子どものように歓声をあげて逃げ回る。

誰も捕まえることができない、少女の楽しそうな歓声を聴き、少女が嬉しそうに逃げ回る姿を見て、次第に彼女を追う数が増え、最後にはその場にいた吸血鬼の全員……およそ三百体がたった一人の子どもを追いかける。

止まらない。捕まらない。触れられない。摑んだ手からは霞《かすみ》のように消えていた。


まるで〝夢〟を見ているようだ。


吸血鬼たちはかつて暮らしていたお日様の下、一面に広がる花畑の中で笑いながら逃げ回る少女を追いかける。

花びらが幻想的に舞い上がり、いつしか少女が空を舞っていることも不思議に思わず、その少女の髪が白水晶に変わり、その貌《かお》が――瞳が白く染まり、右半分が金属の光沢を放つ『道化師《クラウン》の仮面』に覆われていることさえ、気にする者は誰もいなくなっていた。

そして——

「はじめるよ〜〜？」

少女の声が耳元で聞こえ、少女の姿は吸血鬼たち全員の目の前にいた。

少女は一人しかいない。それなのに全員の前にいた。

笑みを浮かべた少女が小さなナイフを持ち、突然、吸血鬼の胸を切り裂いた。

その激痛に彼らは悲鳴をあげる。まるで人間だった頃のような激痛と、子どもに切られた衝撃に反射的に少女を殴ろうとするが、その身体はわずかに動かすこともできなかった。

身体が動かない。悲鳴をあげるが声にならない。少女が小さなナイフを不器用に使い、皮を裂かれ、肉を剥《は》がされ、神経を抜かれ、内臓を取られ、最後に骨となるまで吸血鬼は激痛と恐怖の中で声にならない悲鳴をあげ続けた。

でも——

「はじめるよ〜〜？」

気がつけば元に戻っていた。身体も無事で服も着ている。でも……やはり身体を動かすことはできない。

再び小さなナイフが胸を切る……少女の号令と共に、三百体の吸血鬼全員が同時に解体され、おぞましい程の激痛と恐怖を味わった。

そして……

「はじめるよ〜〜？」

三度《みたび》、恐怖が始まる。

吸血鬼たちは絶叫し、泣きわめきながら許しを請い、粗相をする者までいた。

人間でなくなってからは馬鹿にしていた神に、救いを求めて祈りを捧げた。

理性なく、背徳感からの愉悦を求めて自分の妻を殺した者がいた。笑いながら自分の子の血を吸った女もいた。隣人を殺し、愛する者の血を吸い、身体を引き裂き、その血を浴びて獣のような歓声をあげてきた。

それが罪だ。やってはいけないことをした。吸血鬼となっても道徳を忘れるわけではない。彼らはそれが罪だと分かっていながら、快楽のために殺したのだ。

神に祈る。救いをくれと。心が壊れるような絶望の中で必死に祈りを捧げた。

謝るから、自分たちを殺してくれ……と。

「はじめるよ～～？」


「私はねぇ、ファニーっていうの。〝ナイトメア〟のファニーだよ！　大好きなユールシア様がつけてくれた大事な名前なのっ。ねぇ、おじさん、聞いてるぅ？」

ファニーが吸血鬼の男を揺さぶるが、立ったまま俯《うつむ》き、なんの反応も示さなかった。

「もう終わり～？」

ファニーが現れてから数十秒しか経っていない。

見渡せば森の中に三百体の吸血鬼が、肉の雑木林のように立ち尽くしていた。

外傷はない。死んでもいない。だが、その精神は数万回の〝悪夢〟によって磨り潰され、彼らの心が死んでいた。

「えっとぉ……次はお仕事～！」

ファニーはそう言って立ち尽くしている三百体の吸血鬼から、摩耗した魂の回収を始める。

元々吸血鬼の魂は希薄であり、その上この吸血鬼たちは摩耗している。それでもこれだけの数がいればそれなりの量にはなる。それに……。

「ちゃんと、〝契約〟通り、神様に捧げるから安心してね」

吸血鬼たちは果てしない苦痛と絶望の中で、神に祈りを捧げて救いを求めた。その代償は彼らのすべてを捧げること。そしてその神とは……

「私たちの神様は、ユールシア様だけだけどねっ」

自分たちを救い、慈しみ育んでくれたユールシアは、正に魔界の女神であった。

彼女のためにファニーは一生懸命働いて魂を集める。

仕事は好きではないけど、ユールシアのために働くことこそがファニーの喜びだった。

暗くて、寂しくて、怖くて、寒くて誰もが凍えていた魔界で、ユールシアだけが陽だまりのように温かな存在だった。

餌である小さな獲物を探して、誰かの餌として狩られることを恐怖する日々。そんな弱く小さな存在だったファニーにとって、初めて触れた暖かさの感動は今でも明確に覚えている。

ファニーは自分のことを〝傲慢〟な悪魔だと思っている。

仲間の中でも何も出来なかった一番脆弱な悪魔だった反動から、自重は投げ捨て、楽しいことだけを優先してきた。

自分と融合したあの〝魂〟……あれを選んだのは、その魂の想いに、自分に近い〝傲慢〟さを感じたからだ。

けれど、あの魂には芯がなかった。快楽のために快楽を求めて、なんのために快楽が欲しいのか分からず、ただ得られずにユールシアに恨みを向けるその部分は必要ないと考え、その魂の空虚なる根本となる部分は食ってしまった。

それでも、残っていた傲慢さは、その魂と同様にファニーにも『世界は自分のもの』という想いを宿らせた。

でもそれは不快ではない。ごく当たり前のことだった。

だって……

「私の〝世界〟は、すべてユールシア様のためにあるんだからっ！」

第十話　魔神

「あら、逃げ回ることは、もうやめたの？」

ノアとニアを伴い長い階段を下って地下に降りると、広い洞窟の一角で美形執事や侍女を引き連れたミレーヌが私を待ち構えていた。

「あなたこそ、怒り心頭で追いかけてくるものかと思っておりましたが、諦めましたの？」

私がおっとりと頬に手を当てて首を傾げると、優雅に煽《あお》っていたミレーヌのこめかみに青筋が浮かぶ。

「へぇ……随分と余裕がおありね？　上位者の狩りとは、獲物を追い立てて最後に射るだけでいいのよ。公女殿下ともあろう人が知らなかったのかしらぁ？」

お外に沢山いたのは、逃がさないためでしたのね。

「あら、ごめんなさいね。そんな野蛮なことはさせてもらえないの。わたくし、都会育ちだからぁ」

「「ふふふふふ」」

互いに微笑《ほほえ》み合って笑い合う私たちに、何故か吸血鬼侍女の一人が目眩《めまい》でも起こしたかのようによろめいた。貧血かしら？　血が足りていないのね。

　オーベル伯爵邸の地下には巨大な鍾乳洞《しょうにゅうどう》がありました。まぁ、冷えているし？　暗いし？　吸血鬼の寝所としては便利かも。

「——ようやく現れたか」

　ミレーヌで遊んでいると、鍾乳洞の奥から壮年の吸血鬼……オーベル伯爵が姿を現した。まぁ、本物の伯爵は彼らの食卓に並んだのでしょうけど。

「顔色が悪いですわよ、伯爵。寝不足かしら？」

「いたずら者の小娘が、いつまでも墓所に就かないのでな。供の数が減っておるが、途中で襲われでもしたのかな？」

　オーベル伯爵が私の従者が減っていることに薄い笑みを浮かべる。随分とお喋りが過ぎると思いましたが、伯爵夫人とは情報共有をしていないようね。

　それだけではなく、わざわざお喋りをしているのは、一瞬訝《いぶか》しげな顔をしていたので、悪魔の気配は隠れていても以前と違うノアとニアに違和感のようなものを覚えて、わずかに警戒をしているのでしょう。

　さすがは古い吸血鬼。でも、吸血鬼に見た目の歳なんて関係あるのかしら？　十一歳にしか見えないミレーヌもこう見えて……おっと、睨まれました。

「あの二人なら、礼拝堂にいる夫人にご挨拶に向かわせましたの。突然、わたくしを放ってお出かけをなさるようでしたので。どちらに向かわれるのかしら？」

私が困ったように溜息を吐くと、オーベル伯爵が目を据わらせて、ミレーヌが顔を顰《しか》めて睨むようにして地上を見上げる。

「それで、そろそろ飽きてきたので、おいとましようかと、ご挨拶に伺いましたのよ」

「はっはっは、噂《うわさ》で聞く聖王国の姫は、たおやかで虫も殺せぬ慈愛に満ちた方だという話であったが、とんだお転婆《てんば》姫だ」

オーベル伯爵は私の言葉に笑いながら、牙を剝《む》き出《だ》した。

「それで、ユールシア殿は、帰れると思っておるのかな？」

その瞬間、鍾乳洞のあらゆる暗がりから、数百もの吸血鬼が姿を現した。いえ、吸血鬼だけではありませんね。半数はその肌の色からして、屍食鬼《グール》でしょうか？

とても暗がりに隠れられる数ではないけど、もしかして影魔法？　暗黒魔法の一種かしら？

まぁ、吸血鬼の配下としては定番ですわね。臭いけど。オーベル伯爵まで地下にいたのは、これらを出すためでしょうか。

オーベル伯爵の百体の吸血鬼と百体のグール。

ミレーヌと五十名の美形吸血鬼たち。

私たちの間に殺気と緊張が張り詰める……。

でも。

「ユールシア様、駆除の許可をいただけますでしょうか？」

そのとき静まりかえった鍾乳洞の中で、ノアが落ち着いた声で私に許可を求めた。

「ユールシア様、わたしもぉ」

ニアもか。ニアのけだるげな感じは、面倒になって早く帰りたいように思えます。でも、それ以上に二人とも、私への不敬を繰り返す吸血鬼たちに我慢がならない感じでしょうか？

仕方ないなぁ……。

「許可します……ノア、ニア。頑張りなさい」

「「はい」」

私の言葉に双子が嬉しそうにお返事して前に出る。

上で見た力が使えるのなら問題はないと思いますが、最悪なら私がメガトンパンチで一掃しようか……と、そう思っていたときもありました。


「――〝解放〟――」

＊＊＊

轟《ごう》!!

ニアからノアへ力の回路が繋《つな》がれ、ノアの吐き出した黒い息が竜のブレスの如く屍食鬼《グール》と吸血鬼の群れを薙《な》ぎ払《はら》う。

「何事っ!?」

わずかに逸れていたことが幸いし、配下と共にとっさに黒いブレスを避けたミレーヌが声をあげて身構えると、その瞬間、おぞましいまでの邪気がその身を貫いた。

「下がれ、ミレーヌっ‼」

同じくそれを感じ、配下を盾にしてやりすごしたオーベル伯爵の目に、信じられないものが映る。

ユールシアが連れていた二人の従者。まだ十歳にも満たない子どもが〝人〟ではないモノに変貌していく。

ノアと呼ばれていた少年の肌が青黒く染まる。白目が黒く、黒目が白く変わり、邪悪な笑みを浮かべていたその頭部に、歪な黒い山羊の角が迫《せ》り出した。

その禍々しい邪気をまともに受けた吸血鬼が灰となり、屍食鬼《グール》が生きたまま腐り果てる。

「アハ♪」

その混乱する吸血鬼と屍食鬼《グール》の群れに単身斬り込んだニアの姿も兄と同じ色合いに変わり、ただ一つ兄とは違う黒く捻《ねじ》れた羊の角を生やしたニアが魔剣を振るうと、その一振りで数十もの屍食鬼《グール》たちが粉々に斬り裂かれて、その邪悪な生命と魂ごと吸い取られ、塵《ちり》となって消えた。

その姿は、正しく人が恐れる悪魔であり、その〝貴種〟の如き姿にオーベル伯爵は驚愕に目を見開いた。

「――大悪魔《アークデーモン》だとっ⁉」

ノアは魔界の最下層に生まれた。それは深い場所という意味ではなく、魔界で最弱なものが生ま

れる場所で、ノアは誰からも餌とされる立場だった。

同じ場所で生まれたニアと食い合うことがなかったのは、同じ色合いをしていたこともあるが、寂しかったからなのかもしれない。

悪魔に寂しいなどという感情はない。だがそんな感情が生まれてしまうほど魔界は過酷であり、ノアたちは弱い存在だった。

そんな感情を持っていたからか、ただ珍しいというだけで二人は強大な存在に攫《さら》われ、そして運命とも呼べる存在に出会った。

金色《きんいろ》の獣《けもの》――ユールシア。その時点ですでに彼女はあまりにも強大であり、ただ食われると思っていた彼らを彼女はたとえ戯れであったとしても、慈しみ育ててくれた。

そして芽生えたすべてが欲しいという感情……。強くなり、すべてを欲することでそれを大恩ある創造主に捧げたかった。

それが〝強欲〟な悪魔としての、ノアのただ一つの望みだった。

それ故に、彼女のすべてを求める暗《くら》い獣《けもの》の気持ちも理解できた。だが知っていて、ノアは金色の獣が消えることを見守り、暗い獣を裏切ったのは、それが敬愛する主人たちのためにならないと考えたからだ。

妹のニアも同じだろう。ニアは暢気《のんき》で抜けている部分はあるが馬鹿ではない。いつも主人と仲間のために目を配り、あらゆる脅威から守ろうとしていた。

守りたい。そんな感情も悪魔にはない。ユールシアに育てられ、初めて他者というものを知ったニアは、愛する母である彼女のすべてを守りたかった。

〝怠惰〟な悪魔であるが、怠け者と怠惰を求めることは違う。ニアの怠惰は、何もしたくないのではなく、魔界で寂しげにしていた主人が皆と心穏やかに暮らせるための怠惰なのだ。

そのために二人は力を求めた。

だからこそ、ユールシアも二人にその力を与えたのだろう。

すべてを守る盾である『吸収』の力を持つ、〝サキュバス〟のニア。

すべてを屠《ほふ》る矛である『解放』の力を持つ、〝インキュバス〟のノア。

ただ……。

それを〝設定〟したユールシアは、単純にR18は困るなぁ……と、それっぽい能力にしただけなのだが、それを知らない二人は、愛するユールシアの平穏のために嬉々《きき》として悪魔の力を奮う。

彼女に設定され好き放題に魔改造をされ、進化した〝大悪魔〟の力で。


「くそっ……」

あまりの絶望的な光景にオーベル伯爵が汚い言葉を吐き捨てる。

大悪魔が二体……しかも、聖女の従者の姿をしていたことから、おそらくこの世界に顕現するための依り代まで得ている。

この二体が解き放たれることになれば、聖王国は確実に滅ぶ。どうしてそんなおぞましい存在が、聖女であるユールシアに従っているのか？

二体を〝名〟で呼んでいたことから、おそらくは二体が上級悪魔《グレーターデーモン》であった頃に召喚し、聖女としての膨大な魔力で名付けをして、それを対価として契約したのだろう。

だがそれでも絶対ではない。悪魔に名付けをした者は〝特別〟にはなり得るが、服従する対象にはならない。悪魔と契約するにはさらなる対価が必要だ。

（まさか……聖女としての魂をっ⁉）

あれほどに清らかな乙女の魂なら充分に対価となる。だが、なに不自由ない公女であり、聖女であるユールシアが、己の清らかな魂を対価としてまで悪魔と契約する理由は何か？

自分たち《天災級》や《災害級》の大吸血鬼の到来を予見していたとでもいうのか？

おそらく聖女として勇者がいない状況で、自分たちには勝てないと考え、誰にも相談せずに自らを犠牲にしたのではないだろうか？

幼い子どもの、悲しいほどの自己犠牲の精神……彼女こそ、正に聖王国の聖女であった。

それが分かっているのだろう。ミレーヌもせめて聖女だけでも倒して状況を打開しようと、ユールシアを相手にしているが、聖女は簡単に倒せる存在ではない。

聖女が勇者と共に立てば、自分たちでさえ打ち破ることができるのだから。

そんな存在は現れないと考えていた。だからこそ潜伏先にこの地を選んだ。だが、歴代最強の聖女は、今この時代に存在した。

その眩《まばゆ》いばかりの存在に、人ではなくなり四百年も経《た》ち、自分の本当の名前さえ忘れたオーベル伯爵でさえも心が洗われるようであった。

だが、もう遅い……。

たとえここでユールシアを倒せようと、呪縛から解き放たれた大悪魔がミレーヌを殺し、この聖王国を滅ぼすだろう。

ミレーヌは稀に見る逸材だ。かつて仲間だった者が吸血鬼としたときにはみすぼらしい小娘だったが、カミラが磨けば吸血鬼の魔性か驚くほどに美しくなり、肉体制御にも長けていたことでその外見を幼い少女から大人の女性にまで変えることができて、他者へと成り代わるのに重宝した。

だが、その仲間をオーベル伯爵とカミラが見捨てたことで、生意気にも反発するようになった。

四百年を吸血鬼として生きたオーベル伯爵は、こんなところで死ぬわけにはいかなかった。

吸血鬼となったのも、この世の叡智《えいち》を得るためだ。そのために各地の文献を読みあさり、過去に召喚された大いなる悪魔が残した『異界の知識』の一端をも得ることができた。

死ぬことはできない。大いなる叡智を得るために……。

その〝存在〟に出会うために――。

吸血鬼に格があるように悪魔にも〝格〟がある。

神話から続く永い時の中で、高い格を持つ悪魔だけが大悪魔《アークデーモン》から進化して、神の領域へと辿《たど》り着《つ》くとされる。

異界の知識には、神の領域に達した三つの存在のことが記してあった。

一つは、大いなる魔界の神――『悪魔公《デモンロード》』――。

一つは、大いなる魔界の獣――『魔獣《ビースト》』――。

そして最後の一つ……

その悪魔は、数万年の時を数え切れないほどの人を食らって、ついに人の心を理解した。

人を拒絶するような類い稀なる美貌を〝人〟の心で包み込み、ただそこに在るだけですべての者を魅了し、永い時で得た異界の知識を戯れに人に与え、世に混乱をもたらすという。

永遠である魔界においても、たった一種、一体しか確認されていない、悪魔の希少種——

——『魔神《デヴィル》』——。


これから何百年掛かろうとも、必ずや異界の知識をもたらす悪魔……『魔神《デヴィル》』と邂逅《かいこう》し、魂を売り渡してでもその叡智を得るのだ。

そのためには死ぬわけにはいかない。そのためにテルテッドの戦いにおいて、仲間を見捨ててでも生き延びた。

可哀想だがミレーヌには犠牲になってもらう。彼女ならきっとオーベル伯爵がこの地を離れるまでの時間を稼いでくれるだろう。

最後にミレーヌと、彼女の相手をしている聖なる乙女に惜しむように視線を向けると、その聖女が——ユールシアがオーベル伯爵を見て、おぞましいほどの美しい笑みを浮かべた。

——〝魔神《デヴィル》〟は、ただそこに在るだけですべてを魅了する——。

「何処に行くのぅ？」

オーベル伯爵がその微笑みに魅了され、わずかに動きを止めたそのとき……現れた大悪魔ニアが、その手にある魔剣でオーベル伯爵を頭頂部から真っ二つに斬り捨てた。

＊＊＊

「あらら……」

逃げようとしていたオーベル伯爵にちょっと待ってと愛想笑いを浮かべたら、いきなりニアが真っ二つにしちゃいました。

……私のせいですか？

「…………」

私の相手をしてくれていたミレーヌちゃんもそちらを見て、悲しいのか憤っているのか、もの凄く微妙な表情をしております。

でも何か吹っ切れたのか、私に向き直ると強く睨む。

「……いい加減にしろ。逃げてないで私と戦え！」

「そう言われても……」

とんでもないことが判明いたしました。

私……ミレーヌになんの恨みもないのですよ！　そりゃあ害虫駆除のつもりでしたし？　むやみに創っていたのは伯爵っぽいし？　じゃあどうしようと？

流れ的にミレーヌちゃんの相手をしていましたが、今の私ってまだ魔力も本来の力には及ばないのだけど、現状ですらミレーヌちゃんの攻撃は魔力圧で私に当たらないのよね。

……まぁいいか。

「いいわよ。本気で相手をしてあげる……」

「……来なさい」

私がそう言うと黒い爪を伸ばして、吸血鬼の膂力《りょりょく》を活かすように全身の筋肉をたわめた。

でも、ミレーヌ……あなた、そろそろ気づいているのでしょ？

私が人間……まして〝聖女〟などではないことを。

いいわ。相手をしてあげる。

その絶望を〝悪魔《わたし》〟に捧げよ――。

「――――ッ！」

ミレーヌが本能的に跳び下がる。

その顔を真紅の爪で鷲掴《わしづか》みにして、さらに追いついた数倍の速度で鍾乳石《しょうにゅうせき》を打ち砕くように叩《たた》き付けた。

正に目の色が変わる。白目の部分が〝黒〟に侵食され、瞳が鮮血のような真紅に染まり、私は紅水晶に牙を剝き出すように微笑みながら、彼女を広大な鍾乳洞の暗闇に投げつけた。

「――ぁあああああああああっ‼」

つらら石を砕きながら百メートル近く吹き飛んだミレーヌが、絶叫をあげながら背から黒い翼を生やして宙に停まる。血かしら？　影かしら？

「――悪魔っ‼」

「ええ、そうよ」

その瞬間に片翼五メートルもある黄金の翼をひるがえして、ミレーヌの耳元で囁《ささや》く。

「迅《はや》いっ⁉」

「あなたが遅いのよ」

混乱して顔を引《ひ》き攣《つ》らせたミレーヌからただ香る、芳《かぐわ》しい〝恐怖〟の感情に、私の顔が自然と笑みに変わる。

反射的に繰り出されたミレーヌの手刀を、ミレーヌの背後に回ることで躱《かわ》し、翼にある蝙蝠《こうもり》の爪が黄金の残像を残しながら、ミレーヌの足を摑んで地面に投げつけた。

ドォオオンッ‼

「ぁあああああああああああっ‼」

逆さつららに突き刺さりながら鍾乳洞の地面ごと粉砕し、ボロボロになったミレーヌが悲鳴をあげると、そこに飛び込んできた複数の影があった。

「ミレーヌ様っ！」

「今、お助けします！」

私の放つ邪気の呪縛を打ち破った執事や侍女吸血鬼たちが、ミレーヌの下《もと》に駆け寄り、彼女を掘り出して庇《かば》うように周りを固める。

「……あな…た…たち、逃げ……」

「嫌です！」

「私どもはミレーヌ様のお側を離れません！」

「な……ぜ……」

宙に浮かぶ私に怯えながらも必死に主人であるミレーヌを庇う下僕たちに、ミレーヌがボロボロになりながらも再生し始めた目を見開いた。

「私どもはミレーヌ様に創られましたっ」

「ですが、決して意思を奪われていたわけではありません！」

「私たちは自分の意思でミレーヌ様にお仕えしたいのです！」

「あなたたち……」

身体を再生したミレーヌが、ふらつきながらも彼らの手を借りて立ち上がる。その瞳には絶望も焦りも消え、わずかな希望と庇護《ひご》する者たちへの愛が見てとれた。

「…………」

オンドリャー……。

ちょっと待って、私、完全に悪役じゃないですか！　そりゃあ悪魔ですけど！

その人たち無理矢理私の呪縛というか垂れ流している気配を受けて硬直した身体を無理矢理動かしたせいで半分滅び掛けているんですけど⁉

今抑えている気配をまた出したらそれだけで灰になっちゃうんですけど⁉

どうすんの私⁉　これでも魔界で一番空気が読める悪魔なんですよ⁉　下手に動けなくなっちゃたじゃない！

ああああああああ、もぉ！

……仕方ないですね。

ポン。

「――――ッ！！！？」

突然、私に真後ろから肩を叩かれたミレーヌと美形吸血鬼たちが仰け反るように驚いた。

「ここは狭いので……ちょっとお外でお話ししましょうか」

「……へ？」

おもむろに手首を掴まれ、ミレーヌが間抜けな声を漏らした刹那、私は彼女ごと天井に向けて飛び立った。

「てい、『貫け』ぇえ」

神霊語に魔力を乗せて、おそらく数十メートルはあるはずの岩盤を拳で撃ち抜いた。

ドゴォオオオオオオオオッン!!

オーベル伯爵領そのものを揺らすような轟音と振動が響き、地上まで撃ち抜いた井戸ほどの縦穴を、ミレーヌを摑んだまま上昇する。

「きゃあああああああああああああああああっ！」

乙女のような悲鳴をあげるミレーヌ。

「――痛、――ちょ――待って、――イデ――アダっ――」

がん、ごん、がん、ごしゅ、がん――

空けたばかりの荒い岩肌に何かがぶつかるような音。

でも、あの日、私は決めたのです……決して振り返らないと！


ぽん！

「そういえば、『月夜』でしたね……」

月夜の茶会は綺麗な月の夜に行われる。千メートルほど上の夜空に飛び出した私の手を振りほどき、再び黒い翼を出して宙に舞うミレーヌの正面に私が舞い――

「ひぅ――」

息を吞むミレーヌの周囲を、本性を顕した私の可愛い悪魔たちが取り囲む。

「…………」

だらだらと脂汗を流したミレーヌの瞳が何処を見て良いのか泳ぎまくる。……吸血鬼なのに意外と多芸ね。

ぽす、っと鳴らない指を鳴らすと、四人が気配を緩めて、ようやく息を吐いたミレーヌが下唇を噛みながら、恨みがましい視線を向ける。

「何がしたいのよぉ……」

「泣かないで」

「泣いてないっ！」

ちょっと可愛いわ、この子。

「ミレーヌ。わたくしの配下になりなさい」

「なっ――」

ミレーヌが超絶美少女とは思えないすごい顔で絶句する。

「それが嫌なら……」

「どうしようというの……」

「お友達になりましょう？」

「は？」

突然ハードルを下げた私にミレーヌが間抜けな顔でぽかんと口を開けた。まぁ、名目なんてどうでもいいんですよ。

「それで、どうなさりますか、ミレーヌ様？」

悪魔の姿のまま、公女モードでおっとり頬に手を当てながら首を傾げる私に、ミレーヌが盛大に息を吐いた。

「……オトモダチになりましょー、ユールシアさまぁ」

「ええ、よろしくね」

労働力確保。

「もうどうでもいいわよ……オーベル伯爵もあんな奴だし……」

ボロボロのドレスのまま諦めたように呟いたミレーヌは、ハッとしたように顔を上げ、顔を逸らすようにそっぽを向いた。

「別に、怒ってたのは、人間に侮られるのが嫌いなだけなんだから！」

「うん」

ツンデレ多すぎませんか？


彼女たち吸血鬼を引き込んだのは、この聖王国にもある、純朴な民を食い物とする裏社会を管理するため。いなくなっても誰も分からない〝家畜〟の管理をさせるため。

こうして、聖王国の連続行方不明事件は迷宮入りとなり、迫っていた吸血鬼の脅威は人間たちが気づかない間に終息を迎えました。

私も聖王国を裏から管理する労働力を得られて良いことずくめです。

……でも言えない。

ミレーヌたちの人生を、従者教育のために使ったなんて、とても言えない。

第十一話　新入生になりました……そして

あの後ちょっと大変でした。

何故かオーベル伯爵領を中心に局地的な地震が起きたらしく、住民が慌てふためいて礼拝堂へ押し寄せたのです。

慌てて私たちは散らかしたティナを正座させ、悪魔と吸血鬼が一丸になって瓦礫《がれき》を片付け、怯える住民たちに温かなお茶を配りました……あんたら、真面目か。

ついでにオーベル伯爵と夫人は、折を見てこの地震で亡くなったことにするそうです。

そんなことをやっていたら朝になり、吸血鬼はもう寝るからもっと手伝えと縋《すが》り付《つ》くミレーヌを振り切って私たちは帰途に就きました。

そりゃあもう、魔界最速である私が従者たちの襟首引っ摑んで全力で飛びましたよ。だって、黙ってお出かけして朝帰りとか絶対叱られるじゃないですかっ！

ぎりぎり起床時間前に帰ることはできましたが、何故か素敵な笑顔で仁王立ちするヴィオに迎えられて、朝ご飯まで従者たちと一緒に正座することになったのです。

ちなみに、何故かその日は上空を高速で移動する、黄金の光を放つ未確認飛行物体が目撃され、吉兆か凶兆かと騒ぎになっていたそうですよ。

「ユールシア様」

「はい」

ヴィオと私の前で、ビシッと整列した従者たちが一糸乱れず私の前に跪《ひざまず》く。

彼らは以前のようにだらしない顔を見せることなく、公女の従者として悠然として優雅な雰囲気を見せていた。

それでもこれまでのことで不満を覚えている人たちも多いので、私は彼らが生まれ変わったことを示すため、各所に手伝いに向かわせ、丸一日も経つと各方面から、自分たちの仕事がなくなるので従者の仕事だけさせてくれと懇願されました。

「……いったいどのような荒行を行えば、こうなるので……？」

「……企業秘密です」

乙女には秘密がいっぱいあるのです。

知識も吸収したと言っていましたが、意識が変わるだけでここまでのことが出来るということは、あいつら、高い能力を活かしてどれだけ手を抜いていたのでしょうね……。

私は何もできないのに。

「それにしてもユールシア様……。所作や意気込みが違うと、外見さえも輝いて見えるものなのですね」

「……ええ」

実際、変わってますけど。

「ユールシア様ぁ……これ」

「あら、ファニー……なにかしら？」

これだけできるのならもう見習いではないと、本格的に私の身の回りのこともするようになった従者たちの中で、明るく脳天気なファニーが珍しく気落ちした顔で私にそれを差し出した。

「これ……」

「私の髪で直してみたの……」

それはファンティーヌが壊した私の銀の櫛《くし》とウサギのヌイグルミで、ファニーの銀の髪で縫われ、欠けた歯も修復され、完全に元通りとなっていました。

壊したのはファニーではありませんが、ファンティーヌと融合したファニーからすれば、罪悪感のようなものが目覚めたのでしょう。

やはりこの子たちは、元になった四人とは違う。似ているだけで私の可愛い悪魔たちはちゃんと成長する。

私は銀の櫛だけを受け取り、ウサギのヌイグルミをそっとファニーの腕に乗せた。

「こちらはファニーに差し上げます。壊れないように預かっていてくれますか？」

「うんっ！」

ファニーが満面の笑みで私に抱きつき、それをノアとティナが少し羨ましそうに笑って……ティナがハンカチを食い千切っていた。

ええい、そこに並びなさいっ、頭撫でてあげるから！


年末には王城のパーティーに出席しました。

そこに催しに参加することさえ稀である深窓の令嬢……『白銀の姫』ミレーヌ・ラ・オーベルが、領主代行として出席し、結構な騒ぎになりました。

十一歳とは思えない艶やかな美貌と、上級貴族である次期伯爵という地位に、男たちが群がっていきましたが、ミレーヌは王族ではなく真っ先に私へ挨拶をして、周囲に『黄金の姫』とオトモダチであることを示したのです。

これで娘一人しかいないオーベル伯爵家に、ちょっかいを掛ける貴族は少なくなるかも。

ついでに彼女を疑っていたエレア様にも、私が懇意にすることで問題がないことをアピールできました。

「千年くらいは、つきあってあげますわ。退屈させないでね……ユールシア」

「ええ。期待していますし、期待してもよろしくてよ……ミレーヌ」

二人で囁《ささや》き合《あ》い、『ホホホホホ』と笑う私たちに、何故か周囲の貴族どころかシェリーやベティーでさえも近づいてはきませんでした。

まぁ、私があげられる〝異界の知識〟は『増毛』だけですけど……。

そして年が明けて――。

「今年の新入生代表の挨拶は、ユールシアがすることにしたぞっ‼」

……はい？　何を言っているのですかね、このお祖父《じい》様は。

新年の行事を終えて、魔術学園に入学する直前になって、国王陛下であるお祖父様はドヤ顔でそう言い放ちやがりました。

新入生代表の挨拶？　そんなものあるの？　学園の卒業生らしき人たちに視線を向けると、全員が小さく首を振る。

聞く話によると、なんでもお祖父様やお祖母《ばあ》様の時代には在ったそうです。では、どうして今は行われていないのか？　要するに面倒くさいから。

新入生って六歳ですよ？　難しいでしょ？　しかも試験とかないから自動的にそのとき入学する一番偉い家の子になるんだよ？

それで面倒だからとやめさせた張本人が当時入学したお祖父様でした。自分がやりたくないから我《わ》が儘《まま》言って廃止にしたのに、孫娘にやらせるとかアホですか、お祖父様っ！

リックもティモテ君も自分の時にやらされずに良かった、みたいな他人顔をしているんじゃありませんっ。

爺《じじ》バカ？　爺バカですか、お祖父様！

「ユールシアは、オーベル伯爵領の地震騒ぎで大活躍したと聞いておるぞ。住民から感謝の声が届いておるので、学園長が是非とも聖女様の神聖魔法を生徒に見せたいから、講堂のど真ん中に円台を作ると張り切っておった」

「うっ」

あの地震騒ぎのとき一応責任を感じて、礼拝堂の隅っこでこそこそと神聖魔法を怪我人に使っていましたが、その中に悪魔召喚事件で誘拐された子どもの一人がいたらしく、私の存在がバレてしまったのです。

「オーベル伯爵領主代行のミレーヌ嬢も、すべてはユールシアのおかげだと褒めておった」

あいつ、売りやがったな！　すっかり外堀埋められているじゃないですかっ！

「仕方ありませんね……」

すごく嫌ですけど。


魔術学園入学式当日。

前にお母様から聞いていたように私が入学するのはトゥール領の分校ではなく、貴族籍の子はだいたい王都の本校に通うことになります。

何故〝だいたい〟か、というと、ミレーヌみたいな深窓の令嬢（笑）は自領に近い分校に通うか、自宅学習になるからです。

王都に屋敷のない貴族は寮生活になりますが、私は王都のお屋敷にお母様やお屋敷のみんなと共に新年から移り住んでおります。

お姉様方は伯母様のいるシグレス王国に留学中ですけど。（涙）

平民が思わず平伏しそうな、馬に乗った護衛騎士十名が護る巨大な馬車で学園に辿《たど》り着《つ》く。

そして式が始まり……。

「新入生代表、ユールシア・フォン・ヴェルセニア公女殿下」

「……はい」

生徒なのに呼び捨てにされない……。

かなりテンション低めでお返事をした私が席から立ち上がると、それだけでハラハラしている貴賓席にいるお父様やお母様が目に映る。同じボックス席にお祖父様やお祖母様もいて、どうして国王陛下と王妃様がこんな場所にいて平気なのかと申しますと、またもや伯父様とエレア様がその分も働いているからです。

ガタン……。

機械っぽい音を立てて広い講堂のど真ん中に、直径五メートルもある円形の台がせり上がる。このためだけにちょっとお金掛けすぎなんじゃないですか？　学園長や他の人は普通に壇上で話していたじゃないですかっ！

学園の制服を着た私が台に上る。学園の制服は膝下丈のワンピースドレスで、六年生まではこれを着ることになりますが、もちろん素足禁止。分厚いタイツが必須です。夏は暑そう。

何、故、か、新入生の挨拶に父兄だけでなく全校生徒まで集められ、在校生の上級貴族席から同じ制服を着たシェリーとベティーが小さく手を振ってくれる。

二人とも制服姿可愛いなぁ……私もあれくらい着こなせるのでしょうか。どうして私だけ同級生から遠巻きにされるのでしょうか。

円台の中央に立つ私に、会場中から視線が注がれる。

なんでしょう……歌ったり踊ったりしなくて大丈夫ですか？

……本当にいりませんか？

「わたくしは——」

挨拶を始める。

私を見つめる沢山の瞳……子どもたちの純粋な憧憬の想いが伝わってくる。

私は、〝人〟として……〝悪魔〟として生きることを決めた。

あなたの瞳に何が映っていますか……。

私の姿が見えますか？

私が聖王国の姫としてあなたたちを救ってあげる。

あなたの心に何が映りますか……。

私の想いが分かりますか？

この世界の裏側から悪魔としてその魂を愛してあげる。

愚劣なまでに愛を捧げなさい。

悪夢の中で胎児《ゆりかご》のように眠りなさい……。

「あなたたちの生に祝福を――っ！」

私がその〝絶望〟を愛してあげる。

その瞬間――

私の想いが光となって講堂すべてを照らすように広がり、意思のない光の精霊たちを無限に取り込み、数千もの光の天使が具現化して渦巻くように一つに集まり、巨大な〝大天使〟の形となって、すべての人に『祝福』を与え……講堂中から人々が混乱する阿鼻叫喚《あびきょうかん》の悲鳴が響いた。

……やらかしたっ！

沢山の人間を前に思わず感極まった私の暴挙に、当然のことながら入学式はそこで中止となり、新入生代表の挨拶は、今年だけでまた廃止となったのでした。

そして私は、お母様とエレア様に捕まって参加者全員分の謝状を直筆で書くことになり、ヴィオの監視の下、王宮に缶詰となりました。

誰かタスケテ……。（正座中）

エピローグ

「オレリーヌ、荷物を纏《まと》めなさい」

「どうしたのですか、お姉様？」

聖王国タリテルドより西方にあるシグレス王国。聖王国とほぼ同じ緯度にありながら、四季のある聖王国とは違い夏も冬も気温の差が少なく、一年中作物が採れることから調子に乗った国民が畑を作りまくった結果、農業国家として知られている国である。

加工技術の発達により他国へ大量の食料を輸出し、たとえ戦争になっても敵国に食料を送り続けていた逸話もある、純朴な国民が暮らしていた。

温厚な国民性と農業が盛んなことから国教は隣国タリテルドと同じ『豊穣《ほうじょう》の女神コストル』を祀り、関係も良好なことから王族同士の婚姻が昔より行われてきた。

現在の王妃は、彼女たちの父であるヴェルセニア大公の姉である、元聖王国の姫であったことから、問題を起こしたアタリーヌとオレリーヌの姉妹は、伯母である王妃に預けられ、シグレスの貴族学院に長期留学をしている。

「この屋敷から出て行きます。貴族学院にも退学届は出しておきましたから、分かったらさっさと荷物を纏めなさい」

「お姉様っ⁉」

姉の突発的な行動はいつものことだが、貴族である自分たちが安全な屋敷を出て何をするのか分からず、オレリーヌは驚愕の声をあげた。

屋敷には不自由がないように十数名もの使用人と護衛がいる。だが、それらは二人の使用人ではなく、王妃が用意した〝監視役〟だ。全員が屈強な〝暗部〟の構成員であり、実力を持って二人の過度な欲求を撥《は》ねのけていた。

二人の母であるアルベティーヌの行ったことは、公表はされていないがアタリーヌにはおおよそ察しがついている。歴史あるコーエル公爵家はお取り潰しになることは免れたが、そのせいで家名だけを残してすべての権限を凍結され、二人は貴族ではあるが公爵家令嬢ではなくなった。

だがアタリーヌは母親を恨むことはなく、あの母ならやるだろう……とその思いを尊重し、誇りを持ってその結果を受け入れた。

「そんな……ここを出ていって何処に行くというのですか？」

「オレリーヌは聞いたことはない？　この国には今、『シグレスの勇者』様がいらっしゃるのよ」

「勇者様っ⁉」

聖王国の民にとって『勇者』は『聖女』と並び特別な存在だ。同じ父の血を引くアレが聖女とは認めないが、勇者の名を聞いてオレリーヌは衝撃を受ける。

「そ、その勇者様に何を……」

「まだ分からない？　わたくしたちにはお母様から引き継いだ高い魔術の素養があります。それを活かして勇者様の仲間となるのです」

その計画にオレリーヌは大きく見開いた目を何度か瞬かせる。

「で、でも、他国民のわたくしたちを勇者様が迎えてくださるでしょうか？」

「わたくしに任せなさい、オレリーヌ。英雄色を好むというでしょう？　わたくしの美貌をもってすれば勇者様でも快く受け入れてくれますわ」

アタリーヌは社交界の大華と謳《うた》われた母アルベティーヌの容姿を色濃く受け継ぎ、その美貌が他者を惹《ひ》きつけると自負するアタリーヌは、とても十一歳とは思えない二つの果実を誇るように胸を張り、オレリーヌは年相応の自分と見比べて眉尻を下げた。

「そ、そうですねっ。お姉様なら間違いありませんわ。勇者様の仲間となって、あいつの鼻を明かしてやりましょう！」

「そうね……」

気を取り直したように明るく笑うオレリーヌに、アタリーヌはわずかに暗い表情を浮かべる。

オレリーヌは姉であるアタリーヌを尊敬し、幼い頃よりずっとアタリーヌの後をついて回り、真似ばかりしていた。困ることもあり可愛くも思えるが、そんなオレリーヌだからアタリーヌは自分が気づいたことを教えるつもりはなかった。

同じ父の血を引く女……ユールシア。

父の愛も家族の愛も、権力も財力も賞賛も憧憬も、アタリーヌが得るはずだったものすべてを得た幼い少女。

（あれは……バケモノよ……）

全員が賞賛する清らかな乙女……だがアタリーヌは初めから敵意を持っていたからか、あの異様な空間の中でアタリーヌだけが、それが〝異常〟だと気づいた。

微かな違和感。心に刺さった小さな棘……。

そのたおやかな笑顔の裏に、アタリーヌは〝何か〟を感じた。

あれは見た目通りの存在ではない。もっとおぞましい……得体の知れない〝何か〟だった。

確証は何もない。口に出せばアタリーヌのほうが異常だと言われるだろう。

その正体を暴き出す。確かに聖女と言われるだけの魔力を持っているようだが、おそらく勇者様もそれに違和感を覚えるはずだ。

上手くいく。北の地でこれまで活動を止めていた『魔族《エビルレース》』が再び目撃されるようになった。聡明な勇者様ならきっと仲間を増やすことに難色は示さない。

母の無念を晴らし、コーエル公爵家の栄光と誇りを取り戻す。幼い頃に恋をしたあの少年のためにも……。

誰もが愛し賞賛する世界の只中《ただなか》で、世界でただ一人ユールシアに違和感を覚えた少女は、長く孤独な戦いに自ら身を投じた。

「あれが妹だなんて、絶対、認めないいんだからっ‼」

＊＊＊

『…………』

ただただ暗い曇天《どんてん》が広がるだけの空に荒涼たる大地。

すべての生あるものを拒絶する岩と瓦礫しかない〝魔界〟で、その巨大な悪魔は大地に生じたものを微動だにせずに睨み続ける。

魔界の野獣――〝暗《くら》い獣《けもの》〟――。

悪魔公《デモンロード》と並ぶ、獣系悪魔の最高位である魔獣《ビースト》は常に一柱のみが存在する。暴虐の化身であるそれにとって他者とは争う存在であり、以前存在した魔獣《ビースト》も、〝暗い獣〟が魔獣《ビースト》に進化した遥か昔に〝暗い獣〟によって滅ぼされていた。

だが、この時代となり異変が生じた。

どの時代において存在は変わろうとも、ただ一柱のみが存在していた魔獣《ビースト》。その〝暗い獣〟が同族と思《おぼ》しき存在を庇護し、共に行動をし始めたのだ。

悪魔の歴史でも魔獣《ビースト》が同時に二柱存在した例はなく、魔界に激震が奔《はし》る。

その金色の悪魔が成長し、新たな魔獣《ビースト》となることがあれば、魔界の勢力図が書き換えられることになる。

だが……その悪魔、〝金色《きんいろ》の獣《けもの》〟は魔界から消えた。

やはり魔獣《ビースト》の暴虐の性《さが》に抗えず、憎しみ合い殺し合ったのではないかと噂《うわさ》されていたが、その真相を知る悪魔は〝暗い獣〟の他に魔界に存在せず、暴虐の限りを尽くした獣の周囲は、広大な範囲にわたってあらゆる生命体が消えていた。

〝暗き獣〟はただ睨み続ける。ただ目の前にあるその光景を……。

そこにはこれまで見たこともないほどの膨大な魔力と壮大な規模で構築された、巨大な召喚魔法陣が創り出されようとしていた。

召喚魔法陣を創り出す世界は一つではない。その世界が求める世界なのか分からない。

だが、〝暗い獣〟はそこに求めるもの――〝金色の獣〟の気配を嗅ぎ取った。

何故、消えた？

何故、いなくなった？

何故……自分から離れていった？

その感情が何かも分からず〝暗い獣〟は〝憤怒〟の想いで魔法陣を睨み続ける。

たとえ喰らい尽くしてでも、永遠に己のものとするために――。

『悪魔公女』第一部　ゆるいアクマの物語

第二章　月夜の茶会――――終

書き下ろし――がんばれミレーヌちゃん

「とんでもないことになったわ……」

銀髪の少女は口元に当てた指を思わず犬歯で噛《か》みながら独りごちる。

ミレーヌ・ラ・オーベル伯爵令嬢。原因不明の地震によって両親を失ったことから領主代行となり、成人と共に女伯爵となることが決まっている十一歳の少女だ。

ミレーヌが悩んでいるのは、そんな些細なことではない。『オトモダチ』という名でミレーヌを配下とした、とある少女のことだ。

ヴェルセニア大公家第一公女、ユールシア。

幼いながらも見目麗しく、慈愛に満ちた『聖女』として知られるまだ六歳の少女。

誰もがそう認識していた。吸血鬼であるミレーヌや仲間たちでさえそうだった。人ならばともかく、同じ闇に生きる者ならば気づけるはずの〝臭い〟がユールシアから感じられなかったのだ。

闇に生きる者――そう、ユールシアは『悪魔』だった。人間の……しかも『聖女』として崇められる彼女が、もっともおぞましいバケモノだった。

それなのに、誰も疑いはしなかった。そんなことがあり得るのか？

ミレーヌが見抜けなかったのは、ユールシアの言動が悪い意味で〝人間〟くさかったからだ。吸血鬼たちのように人間だった頃を模した擬態ではない。人間たちと笑い、語らい、同じ感性で喜び合いながら、悪魔の本性を違和感なく内包している。

その違和感の無さが、何よりも恐ろしく感じた。

それではまるで、あのオーベル伯爵が事あるごとに話していたあの存在……人を喰《く》らうために人を理解して、人間に〝異界の知識〟を与えるという最高位悪魔の一柱――。

「……〝魔神《デヴィル》〟みたいじゃない……」

小さくそう呟《つぶや》いて、ミレーヌは導き出したその答えに背筋に寒気が奔《はし》る。

それが事実ならよく生き残れたものだと、ミレーヌは震えそうになる自分の手を押さえつけて、安堵《あんど》の息を吐く。

(でも……ものは考えようね)

ミレーヌは百余年ほど前に吸血鬼となった。その頃の記憶は曖昧になっているが、小さな領地を持つ田舎貴族の娘だったはずだ。

微かに残る幸せだった頃の〝人間〟だった記憶。だがその幸せは唐突に終わりを告げる。突然、他の貴族から侵攻を受けて家族が殺された。その中でまだ幼かったミレーヌだけがその美貌故に生かされた。尖塔《せんとう》に閉じ込められ、侵略者の貴族に飼われるだけの屈辱の日々……。だが、その日々も長くは続かなかった。

吸血鬼の襲撃。かつて愛した領民たちも血を吸われ、ただの家畜か、意思のない下僕に成り下がった。

　尖塔に閉じ込められたミレーヌのところへ現れたのは大柄な吸血鬼だった。ミレーヌはその吸血鬼に自分から血を吸われ、その憎しみと怒りから上級の吸血鬼へと生まれ変わり、家族を殺した貴族を殺し……かつて愛したはずの、侵略者の統治の下で笑っていた領民を皆殺しにした。

　その男がミレーヌを殺さず吸血鬼としたのは、ミレーヌと似たような境遇故の憐《あわ》れみだと聞いた。本来、吸血鬼にそんな情はない。だがそれでも彼はミレーヌを生かした。

　その日からミレーヌは三人の仲間と共に、永遠の放浪をすることになる。

　家族を殺した貴族領も滅ぼし、国家に追われて百年近くが過ぎ、四人は拠点を求めてテルテッドという国に流れ着いた。生まれつきの才能か、肉体操作に長《た》けていたミレーヌは外見年齢を操り、仲間たちと共にテルテッド国内に潜伏し、徐々に眷属を増やしていった。

　だが、それによって同じく人族国家で暗躍をしていた〝魔族《エビルレース》〟と敵対することになり、魔族どもの策略により騎士団の襲撃を受けることになった。

　それによって、作り上げた眷属も力の弱い仲間も次々と滅ぼされていった。それでもミレーヌたち大吸血鬼が力を合わせれば、力の弱い下級吸血鬼たちも逃げることは出来ただろう。

　だが、その大吸血鬼のうち二人が真っ先に逃げ出したことで、ミレーヌを吸血鬼にした男が自らを囮《おとり》として下級吸血鬼たちとミレーヌを生かしてくれた。

　逃げ出した仲間に思うところはある。だがそれ以上に男が望んだ生きることと、彼の仇《かたき》である魔族に復讐《ふくしゅう》するため、もう一度仲間たちの手を取った。

死んだ男のために……そんな感情は吸血鬼にはない。それでもミレーヌはわずかに残った人の心でそう誓った。

だがその悲壮な決意も……たった一人の少女と関わったせいで何もかも変わってしまった。

「主人様《ユールシア》よりお届け物です」

そう言って現れたのは、人間味を削《そ》ぎ落《お》とした美貌を持つ執事の少年だった。

ユールシアが魔神だと察した理由の一つ。それが、大吸血鬼であるミレーヌさえも遥かに超える悪魔の貴種――〝大悪魔《アークデーモン》〟の存在だ。

たった一体で国家滅亡の危険さえある《天災級》の悪魔。そんな存在を四体も従えている者がまともなはずがない。

依《よ》り代《しろ》を得たその一体がこの目の前にいる少年なのだが、人間味に溢《あふ》れたユールシアと違い、外見以上に人間味のない昏《くら》い眼差《まなざ》しがミレーヌは苦手だった。

正直、むちゃくちゃ怖い。

「……これはなにかしら？」

「主人様の召喚実験による副産物である『海産物』だと聞いております」

乾燥した黒っぽい粒は海に生える草……『海藻』という物らしい。どうしてそんな物が召喚の副産物になるのか理解もできないが、アレの精神を理解できるのならこの世に悩みはない。

「注意点としてあまり食べ過ぎないように、とのことです」

「はいはい、ユールシア様にはお礼を申し上げておいて」

あまりぞんざいな態度をとるのは後が怖いが、ミレーヌのせめてもの抵抗だった。

「…………」

よく分からない物だが海藻なら人間の食料になるだろう。地震のせいで今でも礼拝堂には家をなくした避難民がいる。その原因もユールシアであるのに、聖女らしきことをして賞賛されることさえ面倒くさがった彼女は、昼に動けないミレーヌたちを置いて帰ってしまった。

これはその詫《わ》びなのか? ミレーヌは毒味ついでにその乾燥した海藻《ワカメ》を掴《つか》んで口の中に放り込む。

「しょっぱい」

色々と状況は変わってしまったが、戦力的には大きくなった。悪魔たちの力を利用できるのなら魔族に復讐できるときも遠くはないだろう。

(見てらっしゃい、必ずあなたの仇は討つから)

人手が足りないので自らが避難民の赤ん坊のオムツを替えながら、ミレーヌはゆるい悪魔の精神影響を自覚しないまま、オムツを握りしめて新たな誓いを立てる。

その数日後……ミレーヌは不死である吸血鬼となって百年ぶりに腹痛に苦しむことになり、面倒ごとをこちらに押しつけた腹いせも兼ねて、その面倒ごとをすべてユールシアの功績にして王家にチクっておくことにした。

あとがき

初めましての方は初めまして。お久しぶりです、春の日《はるひ》びよりです。

お待たせいたしました！　第一部第二章『月夜の茶会』をお届けいたします。

ぶっちゃけますと、これを連載していた頃はまだ無名の小説家でして、読んでくださる数百人のために書くぜ！　と意気込んでおりました。

元々『悪魔公女』だけのタイトルに『ゆるいアクマの物語』をつけたのもこの頃でしたね。

ただ書くのが楽しくて勢いだけで書き進めていた結果、ある日突然アクセスが数百倍に増えて驚愕《きょうがく》したことをよく覚えております。

そして、本書を出すにあたってまた勢いだけですべて書き直しました！

一文字残らず現在の私の文章で書き直し、足りない部分を足して、最終章あたりの設定までも盛り込んだ完全版！　しかも海鵜《うみう》げそ先生の美麗なイラスト付き！　ちょー お得です！

あとがきから読まれている方もごく少数おられるかと存じますので、ネタバレは最低限にいたしますが、今回はのちのちも出てくるキャラが多数登場しました。

ウェブ版ではあまり出番をあげられなかったツンデレさんたちにも、これからもっと出番を増や

してあげられたらいいですねぇ……。（願望）

そしてついに出てきました、小悪魔たちです！（歓喜）

本シリーズを書籍化するにあたって、どうしても続きを出したかったのは、この子たちを海鵜げそ先生に描いていただきたかったからなのです。どんどん美少女に成長していくユールシアの姿にも、乞うご期待ください。

できれば四章に登場するこの世界のヒロイン〝ウホッ〟も海鵜先生に描いていただきたいので、皆様、今後とも応援よろしくお願いします。

コミカライズの士貴智志《しきさとし》先生の『柚子《ゆず》』も可愛いですよ！　まだの方は読んでみてくださいね。

フラグが立てられていた魔族の暗躍。

ただ一人この世の邪悪に気付き、戦うことを決めたお姉様。

邪悪に対抗するために現れる勇者の存在。

魔界に現れた魔法陣……。

ユールシアに関わった人々はもれなく〝ゆるく〟なってしまうので、ユールシア視点ではお花畑のようなのほほん展開しか映っていませんが、裏側ではドロドロとした陰謀と闘争が繰り広げられております。

ユールシア視点一人称：頭お花畑。他者視点三人称：陰謀とドロドロ。そんな感じでお楽しみくださると幸いです。

それではまたお目にかかりましょう。

本書を手に取ってくださった読者様と、置いてくださる書店様と、本書に関わるすべての関係者様に最大級の感謝を！

Kラノベブックス

悪魔公女《あくまこうじょ》2

春《はる》の日《ひ》びより

2023年1月31日第1刷発行

発行者　森田浩章
発行所　株式会社 講談社
〒112-8001　東京都文京区音羽2-12-21
電　話　出版　(03)5395-3715
販売　(03)5395-3608
業務　(03)5395-3603
デザイン　浜崎正隆（浜デ）
本文データ制作　講談社デジタル製作
印刷所　株式会社KPSプロダクツ
製本所　株式会社フォーネット社

KODANSHA

ISBN978-4-06-530734-2　N.D.C.913　291p　19cm
定価はカバーに表示してあります

ファンレター、
作品のご感想を
お待ちしています。

あて先
〒112-8001　東京都文京区音羽2-12-21
(株) 講談社　ラノベ文庫編集部 気付
「春の日びより先生」係
「海鵜げそ先生」係

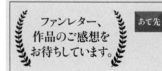